徐徐

你朝我走來

暖暖 著

目　次
CONTENTS

Irgendwann kommt der eine Mensch in dein Leben, den du weder aus deinem kopf noch aus deinem Herzen kriegen kannst.

在你生命中的某個時刻總會有這麼一個人，你無法將他從腦海中或心中剔除。

她來到Heidelberg看過古城鎮的浪漫，她來到Prag看過伏爾塔瓦河的淌淌，她來到Straßburg看過冬日陽光的傾瀉。

他去到Koblenz看過萊茵河的奔騰，他去到Luzern看過環繞的遍雪山色，他去到Paris看過滿城的紙醉金迷。

她唯獨與他擦肩，他唯獨沒有走到她身邊。

這次。

Venedig，徐徐你朝我走來。

楔子

「我明年不會在學校呀，九月後。」

「去德國交換，一學期。」

這是初識時後兩人不熟悉的對白，她自信說著夢想，他眼帶欣賞與迷戀。

而後，越走越近，反倒是將未來的分離看輕了。

冬季凜冽的風將分離的事實確切傳送，卻彷彿削弱了它的力道。然而，年少不知輕重，不知越近分開的日子，越湧起焦慮難安，望不見爭執的盡頭。

他說最多的一句話變成「過來陪我」。

寥寥的黑夜隱去浮亂的喧鬧。她捏了捏手指，總覺得有什麼逐漸溜走。

沿著手扶梯緩緩而上，不過兩分鐘的時距，眨了下眼，姚旻拉回飄遠的思緒，不斷自另一方向錯過的人影輕易會晃了視線。

在紛鬧嘈雜的空間裡辨識出溫暖的話。

「剛剛有吃飽吧？」

她回握了母親的手，微笑中滲出無奈。「有，吃很飽了，還喝了最後一杯的神聖珍珠奶茶，百分百台灣味，只是。」

「只是什麼？」

「只是可惜不是我愛店的呀。」垮掉的神情顯得浮誇，可憐兮兮的。

平時恬淡冷靜，離別在即，卻是撒嬌著揚起聲調，抱著母親的胳膊，努力活躍放鬆氣氛。她低頭不著痕跡揉揉嘴角，笑得都要僵了。

母親拍拍她的手，知道她的舉動都是要她寬心。

一面低頭回覆被灌爆的訊息視窗，忙著暑修、打工、實習，以及放飛自我的朋友們到不了機場送機，爭先恐後發來感性的話。

正好她不喜歡那樣灑淚的熱血場合。

姐姐姚梣疲於奔命，趕著四點下班直奔高鐵站北上，剛見面，不急著擁抱，一屁股坐到她對面，埋頭開始吞嚥替她張羅的晚餐。姚旻哭笑不得，這像餓了幾餐呀。

調皮彎了唇，默默將發票推到姐姐面前，姚梣立刻瞪眼。

「我一下班就趕公車、追高鐵，請我一頓飯會怎樣？」

「……我只是、祝您中獎。」

聞言，姚梣滿意，讓出附贈的薯條給她。

「東西都帶齊了吧？文件類的，日常用品缺了就直接那邊買。」

「現在問，沒帶也來不及啦。」見姐姐變了臉色，姚旻連忙改口，頰邊陷下一對討好的梨渦。「都帶啦，入學許可、保險單之類，就算沒有，我也有電子檔可以馬上印。」

「長點腦子，出門到那麼遠的地方，我們都幫不到妳。」

「知道知道啦，姐妳不要跟媽說一樣的話，好可怕。」

理所當然，遭到姐姐一顆雪亮的白眼。

這次check-in與過去每次的自助旅行忽然變得截然不同，難以言喻。

轉轉腦袋瓜，目光來回在媽媽姐姐複雜的臉色，心裡有點酸，也有點暖。

等到托運行李過了檢驗，姚旻噠噠跑進廁所，想想要坐十三小時的飛機，膀胱都不舒服了。嘆著氣，機位小，讓個座走去廁所會非常麻煩。

洗了手，兀自盯著鏡面打量面容，一如既往，不起一絲波瀾。

深深吸一口氣，如果表現出緊張，媽媽會更捨不得吧。

感覺到口袋裡的震動，茲茲的發出不可忽視的聲響，她瞧一眼來電顯示，皺眉，耙了耙頭髮，煩躁。

「……喂。」冷了嗓音，沒有一絲柔軟。

「姚旻，妳要是真的走了，我們之間就完了，妳聽見沒？」

「聽見了。」頓了頓，她閉了眼睛，背脊挺直但倚著磁磚牆，冰冷的觸覺透過衣衫，在肌膚上蔓延，語氣滿是疲倦，「我在機場，已經check-in。」

對方啞然，換了口吻。「妳就不能……別走？妳才大三，還有機會出去。」

沉默半晌，姚旻從來沒有這樣冷漠，整段話像是浸染了深冬的大雪。

「許毅，在我簽證下來的那刻開始，你就該知道我不是開玩笑的，你不要到現在還要跟我鬧。」

她聲色低了低，「以後還有機會？許毅，沒有以後，你要知道我的個性，我真的要做的事從來不說以後，你總是給自己太多怠惰的藉口。」

「妳不用現在才在檢討我做事！我是在說……」

「分手吧。」

「……妳說什麼？」

低眸斂眉，沒有想像中的悲傷，更多的是如釋重負。

這一聲「我們」是最後一次綑綁他們。已經夠了啊。

「我不可能永遠待在你身邊，只當你的跟班，如果為了成為更好的自己、這種分開你都不能接受，我們，就算了。」

算了。

我不願意將就著與你停留在原地。

第一章

「每個傷痕累累的人身上，應該都有著別人的答案，也許這就是我們相遇的原因。」

——張西

♥

都市症候群裡其中之一是單曲循環症，與DSM-5定義的強迫症並不相同。

喜歡重複循環播放同一首歌，甚至總是看同一個電視節目、同一部電影、總是複習同一本書，重複多次欲罷不能。

眨眨眼睛，我接著讀它敘述的生理症狀——眼睛腫、黑眼圈、失眠症，容易頭暈目眩。

一遍一遍聽著同一首歌直到熟睡，像是在眾聲喧嘩中找到一絲微妙的平衡，或是，總在踏入餐館前告訴自己要嘗試新口味，猶豫半晌，依舊在熟悉的欄位畫一筆，或是，總期望可以改變偏愛的嗜好，到嘴邊仍是一成不變。

分明是嚴重的固著行為。我無聲嘆氣。

咬了下唇，一隻手將毛呢大衣攏緊，握著手機的手順勢兜進口袋，正想抬頭認真研究火車時刻表，登時被來電的震動又攫走思緒。

「旻旻旻旻！妳居然沒有來看成績！」

是舒樺呀，貼心的上海姊姊。勾起唇角，我笑得有些得逞的得意。「因為知道妳會幫我看呀。」

「什麼嘛——那我看了不告訴妳。」

「不會，妳忍不住的。」

「……可惡啊啊啊，妳就知道抓我的尾巴！」崩潰的語調自背後一片德文英文夾雜的混亂中脫穎而出，她聲音爽朗。「就知道欺負我……難怪妳可以是班上最高分。」

我哭笑不得，嗓音溫潤，「小姊姊，這沒有關聯。」

「不管，而且妳不只我們班上最高分，妳還考進B2！妳要是開學之後修夜間的德文，我們就不同班啦。」

視線游移在幾塊廣告刊版，深邃薄亮的眼眸並沒有特別張揚的喜悅，彷彿遠海的波瀾，幾瞬便歸於平靜。

冷淡。

記憶中那個男生也說過許多次。

玩笑的口吻、微慍的神色，以及焦躁的對峙。

舒樺還在電話彼岸嘮叨著。「聽老師說妳是因為口說成績不夠，不然可以壓線進C1……旻旻，喂？聽得到嗎？」

「哦，聽得見。」

「妳說妳急得連成績都不關心是要去哪浪？唔，我好像有聽到廣播，妳在車站？」

開放性的車站大廳站在近手扶梯的位置風格外強勁，蹙了眉，我稍微避開，混在人流裡走動，深怕擋住道路。

聞言，抿出一個小梨渦。「跟妳說過的那個陌生人旅伴呀，去義大利，正要搭車去機場。」

可以想像出她在肯定是忙不迭地點頭，但一臉擔憂的愁容。

「唉，如果不是我爸媽剛好同時間來，我就可以陪妳一起去啦，他們老人家來我一定不能丟下他們的，不然其實也想給他們見見妳。」

「沒事，我之前也會自己出去，多個旅伴反而安全一些。妳爸媽風塵僕僕來，陪陪他們是應該的。」

「保護小可愛義不容辭啊。」

心口暖成一片，笑瞇了眼睛，招搖的月牙弧。

她大嘆一口氣。「想介紹妳這個小可愛給他們認識哎。」

她老愛小可愛小可愛得當我的註解，眨眨眼睛，我依然不改困窘，我還沒回話，她立刻振作起來。

「沒關係，等下次換我男票來的時候，一定一定給讓你們見面！」

知道她的心意，我溫聲道：「一言為定。」

雖然沒辦法實現她夢寐以求的雙約會。

想起她的笑語，也連帶會想起不久前走過的路途。

初來乍到的兵荒馬亂，忙得腳不沾地，白天溫煦的陽光都沒能驅散日常深沉的陰鬱，夜幕低垂，縮在單人雅房裡獨自消化厚重的焦慮，不外露任何心力交瘁的不堪，是為了自尊心，也是為了不親近人擔心。

面對這樣的行政效率，小綿羊都能變噴火龍。

向來對德國充滿的崇敬與憧憬完全大打折扣。儘管社區內的爸爸輩長者沒有想像中不苟言笑，碰上正經業務便是分分鐘鐘都要深呼吸忍耐。

家庭式的宿舍平添一些溫馨與親切，不是台灣常見監獄似的直式到底，沒有冷硬的疏遠，有自己的私人空間，也不會像個獨居人類。

除了經常在飯點遇上的韓國女生和上海小姊姊，也會在午後拖著千瘡百孔身軀到家，和恰巧在客廳關注球賽的德國人或印度人打招呼。

歐洲人的晚餐要我們晚上一些，七八點，起初沒有遇見任何室友，像一座絕望的空城，讓人提心吊膽，我都有些懷疑人生。

難得的咀嚼起偌大的寂寞，一個人生活的確有很大的自由，卻也會有無法填補的缺，夜深人靜，但恍惚能聽見孤寂在喧囂迴盪。

不可否認的，在一些起風的時刻，還是會想起他。

想起他的手掌、他的擁抱、他的外套，還有他遞來的拿鐵。

就此打住，再深想，不好的厭倦的便會覆蓋過一切，讓我不可抑制想嘲諷起自己的委屈求全。

念舊也許在這樣艱難的時刻格外膨脹，頻頻冒出頭，脆弱得特別需要一份依賴，我會想起很久很久之前，他追我的時候，那時候的值得依靠，那時候淪陷的感動。

只是，曾經的喜歡觸動，都被後來的紛爭摩擦刷淡，像是被墨水暈糊的宣紙，什麼都看不清楚。

約定過來日方長，轉眼徒留，好聚好散。

抵達德國究竟過了多少日子。

夏季時間的六小時時差似乎將世界切割成兩部分，被我遺留在台灣的都不那麼惦記在意。

如果以積極正向的方法計算天數，約莫是——

四十七天。

因為四十七天沒有喝手搖杯。

Livorno的陽光很好。

也或許是海風拂面，打亂了和諧的節奏，梳理得極好的栗髮頓時成了披頭散髮，煩惱地耙耙瀏海，目光所見的高挑外國女生們也都任由髮絲飛揚，金黃的碎光點在上頭，特別耀眼。

忍不住跟著勾起唇角，仰面閉上眼睛。

暖風刮過帶來溫暖的觸感，再遠一些，是海浪湧上來的的悶聲，蓋過幾個人的腳背，沁涼的感覺掀起一陣清朗的笑語。

我晃著腳丫，羅馬式的涼鞋恣意的搭著，甩呀甩，一字領的白色碎花裙外是一件半透明白底的雪紡紗外套，橘紅的暖花點綴著，很有熱帶夏天的味道。

我喜歡地中海的暖風，不同熱帶的濕熱難耐。

「嘿，朋友，妳一個人旅行嗎？」

我理所當然要用英文回應，最終還是含笑點頭，做足了疏離的意思。

他的雙臂被太陽曬得晶亮，線條分明，咧著嘴漾開燦爛的笑容，一排白亮工整的牙齒很好看。

我瞇著眼睛，擋著刺眼光線。

「要不要跟我們一起走走？這個海岸我們很常來，很熟悉的。」

「不用，謝謝，我想要一個人待著。」

這一對男生是算親切的，點點頭，留給我一瓶未開封的氣泡水，出於禮貌，我笑著接下，心裡沒有打算飲用，盯著他們走遠混進人流的背影，我虛嘆一口氣。

幸好沒有多做糾纏。

也曾經遇過不依不撓的，盛情難卻總會讓我笑得嘴角都痠，畢竟沒有武力值，不好跟他們直白的拒絕。

避開了兩三點烈日，傻傻坐在遠處凝望海確實消磨時光，心底的躁動不安卻是如願得到安撫，夕日初出，我才緩緩起身，踩著溫燙的細沙靠近餘浪，沿著邊緣散漫走著，彷彿走著地平線，彷彿將時間都走慢。

從法蘭克福飛進比薩，直接轉乘了火車到義大利海岸聞名的Livorno，明天下午才要到羅馬跟旅伴會合，抿了唇，說不緊張是騙人的啊。

「到了比薩妳居然沒有去比薩斜塔拍照！」

「人太多了，我一個人勢單力薄，等之後跟旅伴一起過去。」
「哦——已經可以這樣自在規劃行程下一步啦。」
「讓我作夢一下不行？根本還沒跟旅伴見面，要是他是好人，一起去也沒有不行。」
「你們原本行程是哪幾個點？」
「羅馬、佛羅倫斯、威尼斯、龐貝。」
她似乎在搭車，我聽見驗票的聲音，她的聲音顯得急促模糊。「反正假期很長，好好玩、好好放鬆再回來面對，跟陌生人玩耍，小心點，我們要保持聯絡，知道嗎？」
「哦，好，知道啦，妳要跟我一樣相信喜歡布拉格的人不是壞人。」
可以想像她肯定朝天翻了白眼。遠在外地可以結交這樣寬厚會為妳擔心的朋友，是一種難得的幸運吧。
她習慣我迷戀布拉格的話語，總是說跟工藤新一熱衷福爾摩斯一樣，我捧著熱水泡開的奶茶，從不被打擊，我就是無可救藥的喜歡捷克喜歡布拉格，真正抵達時也沒有讓我失望。
旅伴似乎是在捷克交換的工科研究生，憑著這點我就沒由來的期待。
在歐洲危險程度排得上號的義大利我自然不敢一股腦自己衝動跑去，上次獨自偷偷跑去巴黎已經讓媽媽姊姊草木皆兵。
恰好在台灣交換生版上看見徵求義大利旅伴的文章，倉促查了機票與住宿，立刻決定放逐自己一次。

再說，有幾個點的住宿他已經預約，可以放心。

趕在夜幕降下前趕回熙來攘往的熱鬧街巷，隨意選了間料理店，張望許久才撿到靠窗的孤僻位置，揚唇跑去坐下。

跟服務員要了tap water，也請他推薦了餐點，我滑著手機等待暖胃的小麵包。

點開一閃一閃的對話框，是旅伴。

他回答了我天外飛來一筆的問題。

臉書顯示的是你的英文名字嗎？

嗯。怎麼了？

那你中文名字是什麼？

隔了半天得到他的回覆。

——徐尉季。

無聲笑了，輕輕默念一遍，挺好聽的。

歪頭思考一瞬，禮尚往來，我也告訴他我的中文名字，因為臉書上我是MinMin。

我是姚旻，請多指教。

他很快回傳，嚇得我差點拿掉刀叉，偏頭瞟了刷進的訊息。

「嗯，明天見，姚旻。」

天色亮得不早不晚，細碎的光線一縷一縷鑽著窗簾縫隙灑進室內，上鋪的土耳其女生用力翻了身，似乎將身體與臉蛋埋進被窩，不久，發出困倦但滿足的呼聲。

失笑，背包客一樣的旅行將我經不起吵鬧的性子都改了，一開始還皺著眉需要耳塞，漸漸的，滿屋子或輕淺或沉重的呼嚕聲都不會阻礙我進入睡眠。

只是光照就會甦醒的植物性倒是沒能丟掉。

清晨握著溫熱的拿鐵戀戀不捨又走回昨日的海邊。

清風掠過耳邊，好像還能聽見曾經在白鮑溪畔戲水的歡快，淺淡的眸光微瀾，低頭瞅著防水的透明頸掛手機包。

這些不容易察覺的生活習慣滲入得無聲無息，我刻意丟棄的、來不及歸還的，以及一時間沒有想起的，所有與他相關的是我做足決定要從身邊刨除的。

不是要證明這樣決絕斬斷曾經熱切曾經的溫存，不過是，覺得不要那些佔據我的空間，值得留存的就在回憶裡就好。

停頓半晌，明明不到一分鐘的時距，卻彷彿經過幾十年的深思，拿出手機、解下來，瞧了最後一眼，將頸掛包扔進垃圾桶。

慵懶的伸個懶腰，瞇著眼睛享受不刺不艷的陽光，翻出手機發了海面波光粼粼的照片給旅伴，圖文並茂的附上幾句話。

也不過就是早安問候。揉揉鼻子，笑得澀然。

他很快發了隔著鐵道的市區街景給我，勢均力敵。「正要搭車，早餐吃了嗎？」

「在喝咖啡。」

「妳幾點的車？」

「大概十二點。」

等了一會兒，沒有收到回應。我眨眨眼，明明是他先丟出問題，下一秒就消失是正常的嗎？

一地斑駁的光暈彷彿是經過精心剪裁的，我費力踩踏著，一蹦一蹦都落得剛剛好，揮霍著晴好的時光。

很久很久沒有這麼享受，腦子裡完全不用太沉重的思考。

用底片相機隨手紀錄在Livorno的最後一天，像是我不捨觀望它最後一眼。

一望無際的藍，初見驚心動魄，帶起一陣令人沉淪的心悸，深怕眨眼便將時間虛晃。

漫步在廣場，矗立著羅馬式的宏偉建築，尤其喜歡搭建在水弄間的小小拱橋。凹凸不平的石磚路多是讓人氣惱的，行李箱喀啦喀啦的劃破寧靜，很擔心它會性命垂危。

「嗯，買點東西車上吃。」

抵達落腳的青年旅舍，點頭向同間房的西班牙女生示好，很快偏開目光，避免過多的問候延續，低頭看著刷進消息的手機，勾起唇角，來得真是時候。

旅伴不是愛使用顏文字或表情符號的個性，貼圖也傳很少，總會需要用心猜測是不是有歧異。

像這個「嗯」，在我看來十分有敷衍的意味，朋友們都是將這個單字音當成話題的結束，只是，遊旅伴手中打出，卻讓人遲疑。

至少，他的關心無庸置疑。我隨手發了遵命的貼圖過去。

作最後的行李收拾、退房，拎著行李蹣跚前往中央車站，扯得手臂都痠了。身為窮學生，捨不得花錢買公車票，咬牙走二十分鐘路途。

傾瀉的金光與累贅的行李似乎將路程又拉長許多。

等在月台，輕鬆混跡在稀疏的人流裡，百無聊賴，眼光不慌不忙流連在遠方風景，抿起唇，但耳朵是偷偷聽著隔壁情侶難分難捨的對話。

雖然是德文，我勉強聽懂七八成。

「上次來是我們畢業的時候……穿著袍子。」

「下次來就穿婚紗。」男生抵著她的頭頂，嗓音低啞醇厚。

女生笑彎了眼睛，眼裡的光芒閃爍著堅定。「不行，要去我們相遇的城市，要去斯圖加特……每次都是你來找我，應該要輪到我去。」

聽見女生好像在紐倫堡工作，相差一個州的距離。

別人的男朋友果然不會讓我失望。自嘲笑笑，斂下眼瞼，微光打落一片陰影，我努力將自己抽離回憶。

確實，我是嚮往經得起分開的愛情的。

曾經都是玩笑的說起「距離產生美感」，心裡深處卻是期待相愛不會變成彼此的阻礙，可以協調出適合兩個人的生活節奏，所以，不是孟不離焦、焦不離孟的黏膩，沒有絲毫各自的空間。

不會因為失去某個誰日子頹唐糟糕，但也不代表他不重要。不是嗎。

「是我高估了……」還是這樣的想法太自私了……

其實，就是我們，我跟許毅不適合而已。

♥

絕對不能東張西望、絕對不能像個臭觀光客一樣。

每回一個人的流浪我都會這樣告訴自己，一面給自己打氣，一面要自己警醒，要是被拐騙了很糗。

「……是很危險吧。」

彷彿能聽見姐姐無奈的駁聲。平時很嫌棄我，原來沒少想念我的。

然而，眼前的戰況不容我分心懷念。義大利人向來是瀟灑信步的，不介意虛度時光，傾向慵懶的步調。

但是，現在這是怎麼回事？

這個城市完全顛覆我的印象，也改寫我在Livorno的經驗。

縮著肩膀仍避不過被猛力碰撞，又不能任意慢下步伐退到邊角，若是成為人流中的突兀，有可能緊接來難以預測的困擾，壅塞不流通的地下地鐵站是許多人默認的危險場所。

熙來攘往的人群多是行色匆匆，或是與身旁的夥伴勾肩搭背著行走，耳邊鬧哄哄的，充斥著各式各樣錯落的腳步聲，不時刺激著耳膜的還有近乎不能理解的語言。

蹙了眉，目光飛快在遠方高處搜索「出口」這個單字，但如水的人潮彷彿推著我，長長的廊道及手扶梯，以及數不清的拐彎，似乎沒有盡頭，抿著唇，不可抑制感到焦急。

手心傳來震動，眼底跟著泛起波紋，我故作從容瞄一眼訊息。

「我到了，妳慢慢來，路上小心。」

情緒因此起伏，又酸又軟，似激動似心安。「你出地鐵站了嗎？」

「嗯，妳上來就會看見我。」

「好，我也到了，剛下車，等我，正在努力走路。」想了想，我又發了一句，「外面是不是已經天黑了？」

「對，我站在左邊路燈下，不急，小心身邊。」

開始習慣一個人生活，堅強了不知道多少，卻也變得容易感動得紅了眼眶。我下意識揉揉眼睛，深吸一口氣。

他一定是個溫柔的人。

老舊的手扶梯終於緩緩要抵達，自然的朦朧月光稀微，全讓人工的燈光鋪天蓋地似的填滿，視野寬敞起來，兩側的攤販香味四溢，人聲鼎沸，混亂得讓人有些無所適從。

踮起腳尖張望，試圖找出與「徐尉季」相似的面容或身形。

「我穿卡其色的大衣，你呢？」我頹喪的垮著神情。

「黑色，我來認妳，妳往左邊走就好。」

誰給他這麼沒道理的自信，我們是要初次見面呀。

壓住心慌，依言照著他給予的方位挪動，即便腳尖撐著走路，一片萬頭鑽動，他要是能找到我，就是真愛緣分……

注意力都在無聲的嘟囔和跟前蓄著金色長髮的男子，陡然手臂被一扯，心裡咯登，警鈴大響，渾身都涼了涼。

腦袋跑馬過太多念頭，一道溫潤沉穩的嗓音卻劃破紊亂，脫穎而出。

「姚旻。」

我愣了愣，又被撞了一下。

「姚旻，這裡。」聲息染上無奈。

大約是感嘆這種情況我也能走神。

攥住我胳膊的力道沒有減輕，但可以感受到他顧忌著，帶著禮貌，也不願意拽痛我。

夜燈浮浮晃晃，但彷彿他破雲而出的清越聲息，我仰著臉，他微斂的下顎呈一個很好看的弧度，容色淡淡的，聲音也淡淡的。

一秒、兩秒、三秒，所有細微末節才明朗出來，才將他好好看清楚。

眼角一潤，心口的暖燙浮上臉龐。

深黑的髮絲柔軟壓在老帽底下，頎長的身形背短版的牛仔外套襯得高大，內裡趕上流行的羔羊毛，許是感受到他的注視，打量的思緒立刻被牽走，怔怔望著他。

他鬆開了原本情急的牽握。

周遭的眾聲喧嘩都成了他身後遙遠的背景板，寂黑的眸光深邃，卻像是點點星光調皮墜落，讓人移不開注意，連呼吸都輕了。

深怕驚擾。

「傻住了？」

「徐、徐尉季……」

眨一下眼睛，我摸了後腦，確實傻楞楞彎起唇。

見狀，他輕笑，厚實的手掌拍拍我的腦袋，有像哥哥一樣的安全感。我眨去眼裡泛起的水光，扯住他的後背包背帶，笑得明豔但孩子氣。

「幹麼笑成這樣？」他挑了眉，疑惑。

「……看到台灣人開心呀。」

他眉眼帶著舒緩輕淺的笑，「妳那個城市沒有台灣人？」

「就只有跟我同學校一起來的學長學姐，這麼一個大學城，就我們三個而已。」感嘆著不可思議。

「法蘭克福多一些。」

說這句話的時候，他已經轉開溫淡的眼光，瞅了我的手一眼，沒有反抗，也沒有作表態，示意我邁開步伐跟緊。驚鴻一瞥，我卻好似看見他眼底一晃而過的豫色。

估計是覺得我轉眼就可能被沖散。我們畢竟還是陌生的，不是能勾手搭肩的關係，極有禮貌，也像是疏離。

前些時間一路疾走，原本整齊圈在圍巾底下的髮尾變得凌亂，忙著重新配戴打理，一面艱難側頭跟他說話，他會輕輕低下頭傾聽。

「你怎麼知道？你不是在捷克讀研嗎？」

雲淡風輕的語氣降下來，我懵了。「最後的這一學期我到馬堡交換，事先了解過了。」

「咦，馬堡？Marburg！那我們不就是在同一個州嗎！。」

「嗯，我比妳遠些，從法蘭克福算的話。」

「我還沒去過馬堡呢。」我輕道，帶著嚮往，「好多地方還沒去走，想趁著十一月前天氣正好，多跑幾個。」

城市的流光自眼前經過，他的眼裡映著的是寂靜的夜色。

徐尉季揚唇，聲息波瀾不興，但洋溢屬於他的溫煦，「可以來找我。」

可以去找你。

一場與陌生人的旅行，曲折又驚心動魄，可是，正因為如此，不熟悉的偌大國度，多了一處我能容身。

「妳想先吃東西，還是先在競技場這邊拍照？」

「唔。」眼前黑壓壓一片人群，看來晚些也不會減少。「先拍照吧，夜晚的羅馬競技場，踩完點就去覓食。」

「嗯，去吧，我幫妳找光。」

我眨眨眼，誠摯的眼光漫起一層難為情，要在陌生男生面前搔首弄姿……太挑戰恥度啦。

但是，他顯然沒有此知覺，雋黑的眸色沉沉，硬朗的側臉斂著令人不忍苛責的弧度，分外認真。小小挪動著步伐，手勢一下高一下低，來回尋找好的角度，不時要溫聲請幾個義大利小男孩讓讓。

他們聽不太懂英文，嘰哩咕嚕說著費解的語言。

望著徐尉季被纏上，沉吟片刻，或許也沒有選擇，我一蹦一跳向前，挨在他身邊乖巧站定。

他側眸對我微笑，帶著溫柔的無奈，沒有絲毫不耐，反倒是饒有趣味。

我小聲問：「怎麼了？」

五六個小男生爭先恐後插嘴，只夾雜著幾個英文單詞，我依稀聽見「teach」、「English」、

「bad」、「speak」。

他們笑得明媚若朝陽，似乎無害，我輕輕扯唇回應笑容，卻是無措盯著徐尉季，茫然的神色，求解意味十足。

「好像是希望我們跟著他們念義大利文。」他撓撓眉角。

「咦。」

不自覺將視線重新投往男孩子們，清澈的眼神熱切期待，我頓時堂皇。

扯扯徐尉季的衣袖，然而，他已經環抱起手臂，好整以暇觀望，我可憐兮兮的眼神沒讓他鬆動半分。

這人也太坑了呀……

「Buonasera！」

遲疑著，吞吞吐吐發著不標準的音，這實在太傷語言控我的自尊心啦。

為了表示友好，我用著簡單的英文問意思，他們倒是熱情一一解惑。

Buonasera是傍晚好。

Bello是帥氣。

Piacere di conoscerla是很高興認識你。

漸漸忘去起初的拘謹，發得不好的細節或語尾，他們不厭其煩重複，儘管可能明天起床就會忘得精光，留下的是此刻珍貴可愛的回憶。

「Ti voglio bene！」

「Ti……voglio bene。」

「Mi piac！」

「Mi piac。」

前面的兩個男孩立刻將目光轉向徐尉季，彎彎的眉眼像是完美的新月，似乎藏著讀不懂的調侃與無傷大雅的惡趣味。

我扭頭瞅著徐尉季。

他只管淡淡的笑，不作聲，抬手替我拉了快垂下肩的背帶，彷彿精心安排的啞劇，我搔搔臉，深感智商沒有跟上。

「他們……不會是要收教學費用吧？」

聞言，徐尉季微頓，失笑，「不是，玩好了？走吧。」

哎，誰玩啦。我是因為誰才在這裡喝西北風！

登時像是我在調戲天真小男孩。

「就這麼走了？」

「還想學？」他揚了單邊眉。

該是輕佻的動作，他做來卻是毫無違和，興不起一絲反感。

我吶吶開口：「可是我還不知道剛剛單字的意思……」

「不餓嗎？先去拍照。」

留這個遺憾給我也太鬱悶了吧。

直到走出三步，還能聽見他們張揚稚氣的聲音，重複著後面兩句義大利語，一時間，離得近的其他義大利人熱烈附和著。

演變成海一般的鼓譟，擊在心上。

我踏著他的影子，「你是不是知道那兩句話的意思？」

「哪兩句？」他頭也不回，刻意反問。

這人不看我出糗不開心。

我一個德語組的人類幹什麼因為好奇心跟他較真。

「嗯？」

「Ti voglio……bene、Mi piac。」硬著頭皮唸，他甚至糾正我兩個音。我拍了他的手臂，努著嘴，「我就知道你知道，連音都發那麼準。」

「剛剛記得。」

「騙人，你學過義大利語？」

他搖頭，不等我繼續打破砂鍋問到底，輕輕推了我到圍牆邊緣，我一頭霧水摸著牆垣，下意識就要攀爬。

他掀唇笑出來，「妳可以嗎？能爬？」

「當然，我身手矯健。」小時候都被阿嬤笑是小猴子，但是，這種黑歷史的陳年舊事可以省略。

他盯著我，即便氣定神閒淺淺笑著，依然不放心，靠了過來，在他要伸手拖住我身子前，正好穩穩爬上來。

拍拍膝蓋的灰塵，眼角餘光瞄見他淡然收回手，往回退幾步。

「妳隨便動作，我隨便拍，比較自然。」

「……你記憶體會爆炸。」嘟囔著，掩飾扭捏的情緒。

「夠拍妳了。」

心態真的有些慢拍。只能給他拍幾道孤獨的背影或深沉的側影，紅著臉堅定拒絕他問要不要拍正面。

與其留下非常木的表情悔恨終身，不如見好就收。

趕緊蹭蹭腳，要跳回地面。

「小心點。」

話音剛落，看似清瘦的手強而有力，握住我的臂膀，緩衝我下躍的衝力。

驚慌一瞬，竭力才避開毫末的距離，沒有踩到他的腳，踏在他的兩腳之間，幾近親暱的姿勢，我眼眸一詫。

壓抑不符合年紀的羞澀，我明年都要是大四老人啦。

僵硬轉開注意力，「我看看剛剛的照片。」

「到餐廳再看，這裡人多。」

「哦，那換我幫你拍吧，用我的手機嗎？」

他頷首答應，長得好看就是有恃無恐，零死角的顏值。

開了手機夜景模式，準確調著光，聚焦在他身上，部分以他為主角，部分則是雄偉的羅馬競技場，學了他的招數，連續按著快門連拍。如果能剛好捕捉到一張醜照大概就賺了。

鏡頭內的他眉梢眼角都染著輕輕淺淺的笑意，斑駁的月暈削過他的衣衫，朦朧而美好。

他笑起來很好看。

跟他的聲音一樣，說不出哪裡特別不一樣，但總是給人一種安寧的溫煦。

入夜的寒風絲毫沒有給我們兩人之間帶來波瀾。

天際像是潑上一層墨色，透著一些墨藍，清澈乾淨，點點的星光閃爍，月光的傾瀉將人影照得巨大。

低垂著頭，放任散亂的幾綹碎髮遮蓋臉龐，但願能遮住浮在臉頰兩側的困窘，越覺得難為情，腳下步伐越發散漫。

不知不覺，已經與他相隔三步之遙。

當我意識到他驀地駐足，轉身等待落後的我，我悶著腦袋撞上他挺立的身形，嗷嗷摀住額際，錯愕抬頭，霧霧的眼光裡都是迷茫。

「咦。」

「還好嗎？」

「……沒、沒事。」哭喪著表情，我扁扁嘴，嗓音染著委屈的哭音。

其實，只是覺得丟人，想要掘地三尺把自己埋進去的境界。盯著彼此靠得很近的腳尖，沒勇氣與他對視，落荒而逃的念頭都有啦。

萬神殿前的廣場偌大，幾個遊走販賣者興高采烈展示著手中的玩具，用力擲向天空，一閃一閃變換著七彩，幾個小孩子們奔跑著，留下一地清脆的笑聲，父母遠遠坐在小噴泉旁，只敢偷偷瞄一眼，我飛快收回視線。

感受到他依然灼熱的凝視，猜不透他的想法，我咬了咬唇。

溫藹的音色確實與他溫柔的目光搭襯，但是，落在身上、臉上，卻無端有難言的壓力與彆扭，燒燙的溫度連晚風都沒能吹散。

「剛剛臉色不是很好，還能走？如果真的不舒服，我們也可以查一下最近的地鐵或公車站。」

倏地仰首，用力搖頭，心虛的眸光閃爍，不自在的偏開。我低聲道：「我沒事了啊。」

語末聲音漸輕，底氣不足。

環抱著雙臂，脹著熱氣的腦袋縮了縮，大半的容顏躲到寬大的圍巾後面，近乎只剩一下一雙眼睛，逼不得已與他對望。

他從容勾了唇，「除了這個，我從出餐廳就想問了。」

出餐廳。

出餐廳……

面色僵硬一下，輕盈的呼吸都能明顯發現亂了，好似被提及了什麼不得了的關鍵字。

他不管我向是晴天霹靂的打擊，氣定神閒接口。

「我做了什麼讓妳一直不敢看我？」

「……沒、沒有。」努力鎮定語調，眼其這個不熟悉的人類異常細膩。

「是沒有不敢看我，還是，我沒有做什麼？」

他的笑意是乾淨的，竟也流露一股幼稚的淘氣，讓人惱恨不起來，只能默默吃這個悶虧。

抿著唇，我作難，這個問題好像怎麼接都很送命。

烏黑明亮的眼轉了下，我遲疑道，乍看是開啟另一個話題。

「你知道對於很多改版，然後金裝再版的暢銷小說，曾經好幾刷的那種，我們系上教文學批評的教授做了什麼發言嗎？」

他靜靜望著我，洗耳恭聽的模樣。

「教授說了，人要懂得見好就收。」

……摸摸鼻子，自覺刷低了晚秋的氣溫。

繞了一圈故事，不過是為了凸顯四字箴言，他倒是好氣又好笑。

「讓我猜猜，是因為覺得馬上搬石頭自己的腳很丟臉？」

我摀住眼睛，自欺欺人，「說好不再提的……」輕聲哀號。

太糟蹋他的嗓音啦，專門用來欺負我。

寂寂如夜的瞳仁到映著他恰到好處的笑顏，沒有惡意，不是嘲笑，卻有不能意會的深意沉在眼底，我鼓起腮幫子，歸因於他的求知欲。

他替我擋滾到腳邊的皮球，笑容溫爾，「我們總是要相處一段時間，總不能互相都不瞭解。」

他說得有道理。

多吃我幾年的鹽米，思想果然成熟妥貼。皺了鼻子，絕對不是我傻。

「……也是。就是，就像你說的，我們不是才認識嗎……」

前些時候，離開絡繹不絕的羅馬競技場外緣，沿途車水馬龍，通明的燈火彷彿火花照在人人半面上，無論表情如何，都多上一分溫情真實。

我翻了事先的口袋名單，決定好一家饕客介紹的披薩餐館，不單是觀光客爭相前往的熱門店，在地居民也經常光顧。說好不買交通票，於是，停停走走，夜幕低垂下的古蹟遺增添濃重的歷史蒼涼。

開啟話題的交際作風不是我拿手的，似乎，他也不習慣，然而，奇怪的是，我們居然都不嫌尷尬。

重疊的生活經驗大概就是在歐洲的流浪，彼此分享，聲音輕輕低低的，洋溢愉快，時間彷彿都走慢了。

路過一間知名的必吃冰淇淋店，我衝動扯了他的衣袖。

一剎那蹭亮的雙眼像是倒數後啪擦燃起的聖誕裝飾燈。

「要吃這個。」

徐尉季毫無疑問凝眉，「先吃晚餐，空腹別吃冰。」

「我胃很堅強的，而且，我也沒有空腹，我消化慢，現在沒有很餓呀。」

他正欲說些什麼，我不厭其煩耍賴。「吃冰淇淋，gelato——」

只管對他無奈的神色露出燦燦的笑容。

要是能預料到因為這兩球冰淇淋肚子痛到鎖廁所，再濃郁好吃，打死我都不會貪饞，想起來便欲哭無淚。

餐館上桌的披薩吃不到一半，分明感受到肚子不正常的悶疼，鼓鼓脹脹的，半晌，走向絞痛的不歸路。

顧忌初識的形像，自然沒好意思表現得太過份粗俗，慢條斯理跟徐尉季小聲說要去廁所，蹲了將近十五分鐘，時間久得讓人生無可戀。

全天下都知道我是在……出恭。

或許徐尉季眼神沒有流露異樣，看起來有一瞬的嚴肅，嗚嗚嗚，可是我想像力豐富，因此，當下萬分期待自己能原地直接爆炸。

此刻，小心翼翼觀察他的神色，我躊躇，無措地抓緊圍巾，很想躲避。

「我們才認識……退一步來說，你還是男生，我就……就在廁所……」

語句十分斷續，實在難以啟齒。

耳根的燒紅已經嚴重的難以忽視，我一隻空閒的手忍不住去摸。

「想多了。」

徐尉季比誰都要細膩，依循線索，理所當然明白曲折的小心思。牽了牽唇角，似乎要笑，最後，全終結成和煦的寬慰。

「我就是想，當時不該同意讓妳吃冰淇淋。」

這種久違的被照顧的安全感令人鼻酸。

我偷偷抹抹眼角，幸好沒有會帶來困擾的水潤，蹦跳著跟在徐尉季身側。

落在並肩的兩人身後是兩道很長很長，相依的影子。

♥

因為時差的緣故，能與我及時聯絡的，除了同樣到德國的學長姐們，以及經常不忘關心我的舒樺。

生活在歐洲的日子像是與過去的圈子一分為二。

再也沒有更深刻的體會，與徐尉季於異國相伴的第一個夜晚，恍若與世隔絕的兩人世界。

沒有紛爭，沒有壓抑，協調著彼此的步調。

趴臥在厚實柔軟的單人床，沒由來很激動，也許更像緊張，我踢踢腳，將顏面失調的臉埋進潔白的枕頭。

該怎麼表情呀……

嗚嗚嗚，我頻繁想要撞豆腐啦。忽然，再一次認知道徐尉季言之有理。

「這間青旅的房間妳訂的？」

沒有預測到他突如其來的疑問，我一愣，喀地正好鑰匙解了鎖，填塞了一秒的沉默，我打住理應緊接著的行動。

點點頭，我疑惑，「怎麼了嗎？我那時候不是有傳連結給你確認？」

「我想過會不會是妳託朋友預訂的，畢竟。」語氣稍頓，嗓音清冷溫和，他延續未完的動作，房間門被推開，我楞呼呼順勢邁進。徐尉季摘下老帽，隨意撩了微亂的黑髮，揚起聲息，「孤男寡女，就算是兩張單人床。」

他點到為止，我恍然大悟。

撓撓頭，解釋卻結了巴。「可、可是，中間有幾天你已經訂好的房間，不是也是我們一起一間嗎？」

「我爸媽來歐洲的時間改期，與其退訂但是拿不回費用，當然是保留著住，這是情勢所逼。」徐尉季的話極有說服力，不過幾個小時便認識得很深刻。

不自覺頻頻頷首，察覺他饒有深意的打量目光，我連忙拉回理智，話題不能往帶色的方向偏離。

「這當然是因為……」拉長語尾，落下耐人尋味的斷句。我笑咪咪，「我窮呀。」挺起胸膛，特別理直氣壯。

室內的日光燈並不足夠明亮，撲閃著的眼睫，在雙眼底下反而留下一線陰影，截然不同的是唇邊朝氣的小梨渦。

他無語，推了下我的額頭，轉身收拾褪下的外套，一面不負責任道：「要是跟男朋友吵架，不關我的事。」

「……才不會。」聲音不疾不徐，我的笑容明顯淡了。「我現在沒有男朋友，所以沒有這個疑慮。」

我以為我再也沒有親口說出這個事實的機會。

好像是吃了一百個地瓜一樣鬱悶，同時發現，原來「姚旻、許毅」並列出現在別人口中，會讓我感到厭倦。

情緒要比當時決絕吐出分手二字要來得輕鬆釋然，真正結束的踏實感覺。

「大三生沒有男朋友？」老實說，不知道他的口吻是戲謔多一些，或者是驚訝的好奇。

「哦，剛分手。」而且，是在機場，一通電話就分散。

微微聳肩，我一點都不覺得被打擊到，輕描淡寫得彷彿沒心沒肺，其實，頭也不回的放棄是因為足夠失望。

再說，生命中不是沒有愛情會走不下去。

卻忘了過分輕巧反而落得刻意，徐尉季行雲流水的舉止一頓，似乎陷入道歉與否的掙扎。

「……你是不是覺得我可憐？跟男朋友分手、一個人到國外，可是，我不覺得後悔，也不覺得可惜。」

為什麼所有人都懷抱遺憾望著我？

成長了幾歲，適應這世界，年少的任性與堅持褪得乾乾淨淨，得過且過，畏怯眼光和輿論，選擇委屈將就。

許毅越來越不理解我，但總是有句話是說得不偏不倚，「不要小看我家姚旻，看起來是小綿羊逆來順受，固執起來，誰都攔不住。」

例如，捂著初萌芽的好感走向他；例如，不顧精神不濟，夜半陪著他鬧；或是，縮減約會日數，勤奮打工賺錢，或是最後，說分手就分手。

沉寂如深海難測的目光緊緊攥住徐尉季的身影，他一動不動，相對我眼底的執拗，更像不肯認錯的孩子。

「我沒有覺得妳哪裡可憐，他一事無成留在國內，比妳更狼狽。」

「……誰要這種比慘式的安慰。」話是如此，一抹笑意依舊自籠罩眼眸的霧霾中竄出。

他從善如流，「嗯，天涯何處無芳草。」

「不要只說我，我們一個房間，你女朋友沒發瘋抓狂？」

「彼此彼此，我也沒有交往對象。」

我一怔，「你不是都研二了……不對，無關年紀，男生越老越值錢，所以，是你眼光刁鑽吧。」

冷淡的視線掠過來，頓時縮了腦袋，覺得頭頂和脖子都刺骨透涼的。這人連威脅都不動聲色，看來是太兇殘。

徐尉季涼涼開口，「寧缺勿濫。」

……老是被堵得無法回嘴如何是好，求解，在線等，急。

經歷幾分鐘的世紀大坦白，親近許多，但是，這份從容無法長久維持。洗好澡，濕漉漉的髮絲被毛巾裹在頭上，男友風的寬大素面棉踢被我拿來當成睡衣，一雙修長的腿一覽無遺。踩在腳踏墊上出神，盯著自己光著腳丫，唔，掀開衣襬確認沒有忘記穿運動短褲。

這間旅社是共用浴室，浴室並不在房間內，走幾步我便想扯扯衣角，莫名不自在，拍拍臉，試圖打散一些羞澀。

平常心、平常心……

直到此時，終於恍然「一起」住是多麼考驗心臟的挑戰。

腦迴路傳遞慢成這樣，後悔來不及啦。深深呼吸一口氣，接著，一鼓作氣轉開門、迅速將還散著熱水暖意的身子捲進被窩。

難耐也必須忍著。

「換你去洗澡，我來顧家。」

「顧家？」徐尉季含笑，細細咀嚼這兩個字。

「……唔，顧房間。」

當門重新闔上，湧到喉嚨的無措才鬆懈一點。明明隔著足夠的距離，應該是聽不見浴室嘩啦的水聲，卻覺得近在耳畔。

既然如此，他走近的腳步聲也能聽見吧。

要不，可以裝睡。姚旻，妳太沒膽量了，坦然呀坦然。

心跳如鼓，宛若男生緩慢而沉穩的步伐，每一下搭配著節奏，像穩穩跳動的脈搏。

他的歸來，夾帶著清爽的沐浴清香，跟我的如出一轍。

這感覺真是微妙。

接觸到他探詢的目光，因為我無意識盯著他，滴著水的深髮、暈著熱氣的面容浮著淺粉，以及與我同樣顏色的灰上衣，我陡然用力閉上眼睛。

不知道是不是出浴的關係，他的嗓音染上水氣，彷彿夏季拂過海面的風，潮濕而溫暖。

「妳真是讓人完全摸不著頭緒。」

「咦。」

「突然閉眼幹麼？」

他也不是真的要一個答案，隨口一問，姿態俐落擦拭著濕髮，走回他的床鋪倒進中央。

趁勢啟唇，說的是其他樁事。「你還沒傳照片給我。」

「嗯，對，妳拿去傳，我滑平板也行。」

「好噠。」

空間裡雖然靜謐，但不會令人無所適從。

選取照片的同時也更仔細觀察，出糗的要刪除，忽然，扭頭要跟徐尉季抱怨，他偷拍我鼓著臉咬披薩的側顏，像極了花栗鼠。

「徐尉季，你……」猛地，噤了聲。

發現他歪著腦袋沉沉睡去，平板從他手中滑落，陷在床被裡頭，沾濕的毛巾還搭在他雙肩，長長的睫毛輕顫，睡得不安穩，應該是捱不住疲倦。

躡手躡腳起身，輕輕抽起凝事的毛巾，吹風機開了分貝小的弱風，將他的頭皮吹了乾，盡力放輕力道調整枕頭，過程中他只微動了眼皮。

瞧他的最後一眼，他呢喃一句，「謝謝。」抿起的唇像淺笑。

漂亮的男生連睡著都是好看的。

我輕聲道：「徐尉季，晚安。」

昨夜徐尉季將落地窗前的窗簾捂得緊實，近乎密不透光，他記得我說過我神祕的光照起床機制，只有幾絲固執突破重圍，不小心掉了進來。

掙扎掀開眼皮，下意識去摸床頭櫃上的手機，碰了幾次空，不甘願睜開眼，模糊的視界映入一張男生的睡顏，腦中空白一秒。

眼睫輕輕落著，影影綽綽的微光將他的五官襯得更加立體，闔著雙眼，溫和無害，無稜無角。

惺忪的睡眼依舊罩著一層霧氣，滿是迷茫。

男生。

……哦，旅伴，是徐尉季。

既然清醒便不再睡回籠，不知道徐尉季有沒有起床氣，不敢莽撞吵他，半個小時我就窩著滑手機。

記起必須發幾張照片到家群組報備平安，表示健在。

姚梣很快來電。

忍著掌心酥麻的震動，為難地瞧沉睡中男子一眼，認命滾出溫暖的被窩，踮著腳尖移動，輕手輕腳開啟關上房間門。

「喂，姐。」

「姚旻不錯呀，那個男生。」

「啊？」沒頭沒尾的，姐姐又發什麼神經。

下一句很顯然是唯恐天下不亂的口吻。「妳那個旅伴，長得很像韓國人呀，妳母胎單身可以考慮一下。」

「誰母胎單身呀……」怎麼說我也是有前男友。

「也是，哎，不要提那個讓人噁心的人。跟旅伴相處得怎麼樣？妳最好不要耍冷漠不說話啊。」

姐姐就是姐姐，懂我真實的脾氣。相較姐姐的開朗，我卻是沉靜許多。

只是，我沒錯過穿梭話語裡的厭惡，許毅哪裡惹到姐姐了？

在機場和平分手當天跟姐姐說，她也沒有這麼義憤填膺，這火氣來得太遲，初醒時刻血糖不足，思考跟不上。

從前姐姐最愛拿這個開我玩笑，說我餓不得，像隻小豬。

「哪敢，要是沉默會直接尷尬癌末。」

「嗤，知道就好，記住，危險地方少去，我前幾天看到敘利亞戰爭新聞……」

「敘利亞在西亞，姐姐。」我哭笑不得。

「誰知道，不管，妳那麼愛亂跑，每次都說走就走，難說妳會不會下一秒打卡在那裡。」

說走就走。

也許是時下憧憬的年少輕狂，然而，亦是任何一段關係中的衝突。

話筒一端遙遙傳來其他人呼喊，熟悉的中文輕輕盪出一圈一圈的漣漪，無邊無際散擴。

姐姐忙著叮嚀，「時間可以的話，還是打電話跟媽說話，只傳傳訊息照片她不會安心的。」

「好，我知道。」

我們總是急著出走，卻忘了收拾身後一片狼藉。

手指游移在冰涼的門把，出神之際，沒察覺已經走回門口，低頭注意時間，轉身再繞回小廚房，簡潔的平方空間擺著幾份輕食餐點。

不清楚徐尉季的口味，陷入懊惱，我隨便取，他最好別嫌棄。

年輪蛋糕、司康、蔓越莓塔、烤了三片土司，拿兩顆水煮蛋。

回到房間內，暖意撲上身，我將餐點擱在兩床間的小桌子，走去拉開窗簾，清晨陽光灑了一地斑駁。

裹成粽子的男生立刻有了動靜，入眼之處，他只露出一頭蓬亂的黑髮。

我推推他，「徐尉季，起床。」

他微不可聞地嗯了一聲，依然犯瞌睡。我不依不撓又推他，長睫輕顫，似要醒，但是狠狠皺了眉，把頭轉向另一邊，留給我一個後腦杓。

這樣小孩子的舉動令人啼笑皆非。

不過同樣令人苦惱，我坐回自己的床沿，實在無聊，細細打量他，細碎的光線參差落下，精緻的五官顯得異常生動。

他的一言一行在靜謐的空間內十分顯著。

「……好香。」

我眨眨眼，烤土司？

「徐尉季。」原來動手動腳沒有食物有效。

「……姚旻。」

醇厚的嗓音不外乎帶著惺忪的沙啞，心口一陣酥麻，有點扛不住這樣綿軟慵懶的口吻，這樣低喃著我的名字。

像是化開在嘴裡的冰淇淋，既溫暖又沁涼。

好不容易平息他引起的紊亂，摸著胸口，瞪著他好看的睡顏，很想伸手蹂躪當作報復。

「喊什麼喊，居然還不醒來。」癟著嘴，沒克制住，我伸手扯了下他亂得很可愛的瀏海。

鬆動的眉又再次擰起，他緩緩睜眼，小小的縫，小小的視野，攫住我的身影，縮著身子蹲在床前，托著下巴瞅瞅他。

漸漸將他漆黑的眸子看得清晰，映在他眼瞳的人影越來越深刻，我衝他露出微笑，他的神色有些懵。

腦中不自覺浮出哈士奇的憨貌，眸底一片燦爛笑意。

「早安，姚旻。」

從來沒有設想過這一天，一個人的聲息可以驟然擾亂心跳。

低低的、啞啞的、暖暖的，執著纏繞耳邊，雖然還能聽出一縷睡意，但不疾不徐，咬字清晰，拂過耳畔，真像輕撫。

我輕咳一聲，要往後推一步再起身，然而，維持一個姿勢久了，雙腳麻得痠軟，失了力氣與重心，重重摔回地面。

嚇得徐尉季瞳孔急縮，相比我的傻愣，他臉上取而代之的神情是嚴肅，掀開被子下床，換他蹲在我身邊，扶住我的臂膀，仔細看我的腳踝。

忽然驚醒，我縮了下，他卻不讓，我聲音軟糯糯，「沒事……就是腳麻沒有站穩而已。」

「姚旻，妳小腦沒事嗎？」他無奈。

「哎？」怔住，我委屈，「你才腦子有事……」

「幾點起床的？看起來比我還不清醒。」他堅持攙扶我坐好，嘴上沒打算放過我。

我看一眼時間，九點十七。「大概八點半醒的。」

「嗯，很早，不無聊嗎？」

「還、還好，滑個手機時間就過啦。」

徐尉季笑而不語，逆著光的面容輪廓深邃，多花一些力氣才能將他的細微表情看得明白，但是徒勞，他的微笑藏著太多情緒。

淺短俐落的頭髮軟軟的，不長不短的瀏海隨著他的動作散落，微微遮住眼角，輕扯嘴角的他，打亂了呆萌的無害。

有點調侃，有點故意。

「可是，妳剛剛盯著我看。」

是肯定句，直白到我無法招架，事實上，也無從辯駁。

沉穩的嗓音更進一步，「好看嗎？」

……好看。

好看……個神經病。

撇開眼神，搔撓著耳根，我細聲細氣，「我那是，那是在考慮要用什麼方法叫你起床。」

「想好了嗎？」

「……用食物。」

飄移的目光瞄到他眼底的意外，我低下頭，正好錯過他緊接著淺淺莞爾。

為了舒緩不自在，我捏起叉子放入一口蛋糕到口中，欣喜的笑在頰邊蔓延開。「好吃。」

遞一塊到他眼前，他卻搖頭，「我還沒刷牙。」

「唔，你是起床先刷牙的呀。」

「嗯？」

「我是漱口，然後喝水，吃完早餐再刷牙的。」享受著蛋糕的甜膩，我瞇起眼睛笑，「果然是住一起會知道一些小習慣。」

說得自然，忽視了弦外之音的可能。

凝視我的視線停頓至少有十秒，我佯裝淡定的屏蔽，他伸個懶腰，留下意味深長的話語。

輕輕上揚尾音像是留著一條未完待續的小尾巴，染著他標誌性的笑意。

「會慢慢認識的。」

抵達羅馬競技場正門口已經九點半，人滿為患，排隊的人流看不見盡頭。

幸好是跟團的觀光客居多，錯開了隊伍，不用十分鐘便拿到熱騰騰的聯票，以競技場為主，聯合周邊的兩座巨大遺址。

極目所及，面積廣闊得光是看就腳軟。

置身競技場得最低一層樓，仰首遠望，完美的弧形環繞四面，無處不讓人驚嘆，長久矗立著，壁面偶有斑駁脫落，但仍是以非常巍峨的姿態存在。

每一角都是古羅馬人的智慧與辛勞。

陽光斜斜切進來，穿梭在石柱或拱門間，我們徐徐走著，腳下一片金光流瀉，人影錯雜。

「哎，徐尉季，你知道我現在什麼想法嗎？」

「說說看。」他含笑的語調自頭頂降下來。

怕我走丟，他總是跟得很近，深怕我被嘈雜的人潮沖散。

掠過雙頰、過境耳邊的嗓音溫醇，極有磁性，我還不能習慣，還是會有一瞬的手忙腳亂。

清了嗓子，我壓著聲故作無事，「就是呀，有一種出現到歷史課本裡的感覺，特別玄幻。」

「如果到布拉格妳就像是卡夫卡？」

我搖頭，「要是到布拉格，我是覺得在讀三城三戀。」

「我是想，現在如果有無人機可以操控就好了。」

一個文學少女，一個工科男子，聊歷史是不可能的。

徐尉季老是會選好背景，指使我回頭，什麼話都來不及問，喀擦按下快門，我無語，攀著他的手臂，檢查他拍出來的成果。

像是，我恰好站在一面殘壁前方，微風見縫穿針似的襲來，蹙了眉，我捋了凌亂的頭髮到耳後，他拍下。

像是，我走倦了，退出川流不息的人群，抱著雙腿蹲坐在一塊磚瓦上，露出偷閒得逞的笑容，他拍下。

像是，我下著崎嶇不平的殘破磚梯，我自然旋過半身，要確認他有沒有跟上，圓滾的黑眸亮晶晶，微張著嘴的傻貌，他拍下。

「徐尉季，你拍你自己啦。」

話及此，他也不扭捏，轉了自拍模式，待我無意識走進畫面，彎了唇，按下快門，紀錄了我的迷茫。

恍然，我立刻推了他，又氣又急，「啊啊啊，刪掉。」

「妳讓我自拍的。」

「我沒說我要入鏡呀。」

他認真盯著照片，摸摸我的腦門，溫和道：「很真誠，這樣很好。」卻帶著不容質疑的意味。

鼓著臉，我一點都看不出哪裡好——

「重拍，重拍，憑什麼我這麼傻，你比較好看。」

「因為是，真實。」

「徐尉季你欺負我——不准笑，這很嚴肅的事。」

他的音容笑顏在天朗氣清的日常裡分外耀眼奪目。

微笑的眼睛裡帶著一點促狹與膩人的包容，周遭昏暗的大地色調因為他都亮鮮活起來。

這個人讓人半點的發不起脾氣，太狡猾了。

他低嘆一聲「真像麵包超人」。原本高舉著不讓我觸碰的手降下，順勢戳了我的腮幫子，力道輕柔。

「過來。」

正要為他褒貶不明的感嘆賭氣，頓時，讓蜻蜓點水的輕撫震懾得失魂。

「……幹麼？」

不自覺向前一步才找回戒備，不能跟著他的話走，怎麼聽話怎麼送命。

和煦的秋陽在他的俊顏蒙上一層金光。被蠱惑似的，我抿著唇，小步小步踱到他身側。

他極有禮貌的輕輕搭著我的單肩，親暱但不過分輕佻，不用看螢幕便能知道我們的親近的距離，他溫熱的氣息都輕灑在我的頸項。

我試圖鎮定，「你數一二三。」

「不要，好傻。」

輕輕切一聲，腦中晃過的是今天早上徐尉季窩在床裡的孩子模樣，我忍不住笑出聲，水光瀲灩的眸子盛滿愉快。

不得不說，徐尉季自拍技術是稱上很好的，唇微抿，上揚的弧度恰到好處，不張揚浮誇，不矯揉造作。

說帥氣反而太濃豔，或許是舒服，百看不膩。

這人沒什麼做不好的嗎……真讓人喪氣。

他望過來，「這張也不滿意？」

「哎？」

「整張臉都要皺成包子。」

……你才包子。這譬喻生動得我不忍直視。

徐尉季一個大男孩幼稚起來竟有一股反差萌。沿途且走且停，他會等我甘願自畫面冒出頭，酷酷的數字七手勢輕輕抵著下顎，將眼睛笑成一條線。

他會忽然往後退，站得遠些，把我眺望的側臉框進螢幕內。

相較而言，我傾向拍攝風景建築，他則是什麼都拍，其實，有時候腳步落了後，盯著他誠摯捕捉的背影，我悄悄按了幾次快門。

比如，他現在矮著挺拔的身子，親切專注回答外國小男生的問題。

左手抓著單眼相機，長長的黑色背帶垂下來不時觸著手臂，另一隻空閒的手不慌不忙，仔細給小男孩指示與講解。

我發現他英文說得真好聽，是我很喜歡的英國腔。

眨了下眼，不閃不躲，來不及調整相機，我直接擺起手機定格住這一幕。

小男孩一雙明澈的大眼忽地轉向我，嘴巴一張一闔，似乎岔開話題，笑得淘氣聰敏，徐尉季微愣。

偷拍被抓包。還是被小可愛的男孩。

有些抹不開臉，偷偷瞄了徐尉季的反應，他低聲說話，不過一分鐘時間。

小男孩漾起的大大笑容竄到我眼前，丟下令人摸不著頭腦的話。

「他……什麼意思？」

「妳猜。」

大手隨意撩了自己額前的頭髮，他淡然垂下眼瞼，似乎湧到眼光裡的千言萬語都石沉大海，只淪落為簡單沉穩的兩個字。「走吧。」

被這樣恣意的舉動晃了眼。

我眨眨眼，拽緊背帶的手稍稍鬆了，原來他比我緊張。

「哦，好。」趕緊邁開小短腿，落後在三步之遙，急欲勾手扯住他衣袖，沒抓著，有些氣餒，抱怨的語氣輕輕軟軟，不是真的厭煩。

「你等等我，慢點。」

「給你，吃巧克力，補充能量。」

「妳隨身攜帶？」

我挺起胸膛，眉眼彎彎，「當然，旅行有時候很淒涼的，有這一餐沒有下一餐，需要補充體力。」

在巧克力超級便宜的歐洲準備起來毫不費力。

說著，我吧唧吧唧啃起來。他墨色的眉、墨色的瞳，浸染笑意而有熠熠的光輝，徐尉季倒是比我想像中的愛笑。

清潤溫和，一片心海被拂得毫無皺摺。

爬上競技場的高處，俯瞰的視野開闊，妥妥納入聯票的另外兩個景點，帕拉提諾山丘以及古羅馬市集廣場，密密麻麻的人影反而襯得地景更加遼闊。

結束這項行程，已經超過十二點的吃飯時間，逼近一點。

微瞇了眼睛偷偷覷著徐尉季，我有一個小小發現，他感到煩躁的時候會伸手捋一捋塌在後腦的深髮，或是裝作不著痕跡的凝眉。

例如說，現在，他背著我佇立，單手兜在長褲的口袋，另一隻手摧殘著自己的頭髮，陽光斜斜打在他背上，暖融融的，稜角都模糊了。

我扯了他手肘處的袖子，「徐尉季。」

「嗯？」

他回頭，看起來面色如常。我眨眨眼，總覺得他很可愛。

「你是不是肚子餓了？」

在羅馬待上將近兩天，完全同進同出，比起被誤會是情侶關係，更多人以為我們是兄妹。此時徐尉季會拍拍我的腦袋，遺憾嘆道：「怎麼長這麼矮。」

我無語。雖然說他顯老是不可能的，他怎麼不說是我童顏，老愛拿身高欺壓我，活了二十年從來不覺得自己身高不夠，站到他眼前就變得不夠看。

果然是給之前一七二的許毅帶瞎了，和他並肩都沒有矮的自覺。

自從拆穿徐尉季肚子餓會煩躁的破個性，他好像善良的一面一去不復返，通常還是笑得溫和好看，但露出腹黑真面目的頻率攀高。

離開羅馬的午後，天色依然明亮乾淨，我平時走路挺快的，不費力便可以追上徐尉季的腳步，只是帶著有些累贅的行李，他需要刻意放緩速度，才不會讓我走丟。

有次我貪饞，也就是昨天，落了後跑去買冰淇淋，徐尉季沒即時發現，回頭找不著我，連播三通電話都因為我忙著點餐結帳而錯過。

我心滿意足捧著兩杯冰淇淋跳出門口正好瞥見徐尉季急忙的身影，他似乎沒看見我，抬著頭張望，差點與我錯身，他眼底滿溢的焦急讓我一怔，下意識拉住他。

然後，理所當然被冷言責備一番。徐尉季說本來想晾著我不理，我立刻舉了冰淇淋到他面前。討好的語氣小心翼翼，「開心果口味的，很好吃的。」

他的表情像是被塞了一口地瓜，乾巴巴的，很無奈。

「又想什麼？」

「哎？」回神，原來自己笑出來了。

一起等在同個月台，徐尉季雖然是同一班往佛羅倫斯的火車班次，因為預訂票次時候是分開的，並沒有安排到同一個座位。

我偏頭看著他，「那我待會直接就隨便選個二等車廂坐啦，你的是歐洲通行證，對吧？」

「嗯，當初跟我爸媽他們的一起買的。」

「那、我們就到佛羅倫斯再聯絡啦。」

壓下胸口的失落，果然是被寵壞，不過兩日而已。忽然要恢復獨行，總有難以言喻的不捨，明明就隔著幾節車廂。

空氣中殘留著正午豔陽的氣息，我動了動垂下的手指，指尖微涼。

當車廂呼嘯著進站，緩緩在眼前停下，深呼吸一口氣，我沒有看他，深怕被抓到眼裡不真誠的笑意。

向前踏上車，背著他擺擺手，「走啦。」

人流一如既往，一下子他被擠到後面順序，隔著車窗望他。沒關係，他的通行證能選一等車廂，不怕沒位置。

踮著腳，努力將行李推進架裡，一道有力的手從身後伸來，輕而易舉向內一推，頓時嚇得雙肩微聳。

我下意識道謝，「Danke……」

映進眼瞳的是熟悉的面容，淺短的瀏海格外俐落，他放下手，隨意放進口袋，勾了唇笑容輕淺，深邃的眸子溢滿溫情。

「徐尉季，你怎麼……」

「陪妳搭車，怕妳睡過站。」

「……你才會睡過站。」喉嚨一哽，反駁的話低了低，抑制不住眉梢眼角的感動與驚喜。

我兀自怔在原地，他悠然坐好，仰頭欣賞我的傻氣。

火車搖搖晃晃啟程，我托著下巴不敢與他對視，視界裡都是跑成一行蒼翠的樹木，像一筆水彩的揮灑，無趣的景致現在看來卻莫名美好。

擋不住心情很美。

偶爾能藉著玻璃的反射瞥見徐尉季含笑的俊顏，遠在天際的金光燦爛似乎都蜿蜒進他眼底。

後來的日子，經常與學長學姊分道揚鑣旅行，乘坐火車時候的隔壁座位很少是熟識的人，突如其來的陪伴，左胸口冰冷的堅硬的一角彷彿層層坍落。

被擁抱得又暖又軟。

入夜的佛羅倫斯車站依然人來人往，翡冷翠一名讓這個城市的初印象有不食人間煙火的味道，真正親臨，卻是雲泥之下，充滿人情溫情。

萬盞的燈火將主要街道燃亮，彷彿皓光閃爍的銀河。

我仰著頭讚嘆，有點炫目入迷。

徐尉季無奈，輕輕扣著我的肩膀，避免我被人潮絆住步伐，恰到好處的力道與親疏遠近，舉止上他從來不逾矩。

除了他的嗓音與淺笑格外撩人，儘管他絲毫不自覺這份殺傷力，他沒有過輕佻不羈的行為和發言。我私下與舒樺信息聯絡，不經意提及，她倒是露出憐憫，說「果然是靠實力單身的」。

「不要東張西望，姚旻。」

「哎，我是欣賞夜景。」

眨眨眼，露出乖巧的微笑，我就是有膽量胡言亂語，沒勇氣面對後果。

我們一起旅行。是輾轉在城市與城市間，逐漸深刻的感想，一次比一次更濃烈。

緊接著的時光，比薩、威尼斯、龐貝，他總是會說他像是隨身攜帶一隻會張牙舞爪的貓，然後，彎起唇，輕輕淺淺的笑容比晚風還要舒服。

我瞇起眼睛，不懂得辯駁，從他嘴裡說出的調侃，莫名不會激起不悅。

乍看一成不變相伴，時流裡慢慢磨去一些初識的相敬如賓。我們也會有意見不合的時候，多是他容忍與讓步我沒道理的堅持，我理解他起床氣，還有，偶爾的科技冷漠。

直到第三天他才暴露玩手遊的嗜好。

龜速在冗長隊伍裡移動，他轉橫手機螢幕，我一怔，他低著頭操作。半晌，察覺氣氛的不對，趕在我做出反應前，他故作淡然道：「我不常玩，用來打發時間。」

欲蓋彌彰的笑模樣讓人失笑，徐尉季真的有不符合一貫形象的可愛。很好奇他究竟給自己設立什麼樣的人設，居然不好意思承認打遊戲。

也許，如他所說，我們慢慢了解與認識彼此，即便是瑣碎的習慣，以及來不及參與的過去。我們一個一個坎的邁過。我不會因為犯了傻，欲哭無淚到抬不起頭；他不會因為顧忌面子，餓了煩悶了不肯開口；漫漫光陰裡不說話，誰也不會感到尷尬無趣；遙遙旅途中計畫趕不上變化，誰也不會給對方臉色看。

回憶起來第一天在佛羅倫斯的過夜大概最有趣。

家庭式的房型，我們各自占據一張床，其餘空蕩的空間該是讓我們輕鬆自在，然而，我許久終於領悟拘謹的原因，浴室在房間內。

徐尉季面色從容，我也不能表現得如做針氈。

我帶著耳機聽音樂，嘗試轉移些緊張的注意力，不知道什麼時候他走到床緣，修長的手指區著，指骨輕輕敲在我的額際。

「哎？」

「不要太常帶著耳機，對耳朵不好，妳可以直接播出來。」

「可是我都聽韓文歌，你能接受？」

他淡淡道，「無所謂，不排斥。」

既然他這樣提議，我也不好矯情，寂靜的氣氛響起極有磁性的聲線，帶著傷感，我們各做各的事消磨夜晚。期間，他似乎出去接了一通電話。

喀地進門，他蹙了眉的神情映入我眼簾。

「怎麼了？」

他一面脫下大衣，一面走近，解開袖扣的動作意外好看。「我出去之前，到我現在回來，這首歌播了有四次了吧。」

「單曲循環呀，我喜歡這樣聽，我朋友都笑我自閉症。」

「為什麼？」

「固著行為非常嚴重。」

他也不對於我的都市文明病表態。順勢問，「這是什麼歌？」

「好聽對不對！」一雙眼睛忽地蹭亮，染上一層盈盈光彩，我勾起唇角，「歌名是《小王子》。」

後來，他說了什麼我一時間記不起來了。

斂下眼瞼，盯著翻譯的歌詞，眼眸重新蒙上一層霧色。

當時，更重要是磨磨蹭蹭拖延著洗澡的時間。又在徐尉季出聲前迅速關進浴室，謹慎闔上們，手搭著門把，我陷入遲疑。

久久沒有動靜，半點聲響都沒有，反常得引來他的關心。

「冷水熱水不會分？」

「……不是。」

「嗯，怎麼了？」

輕輕咳嗽，我努力展現我的真誠。「我是在考慮……我需要鎖門嗎？」

門外一片寂靜，顯然將他問倒了。

我都能聽見隔壁房間轉開水龍頭嘩啦啦的水聲。

我眨眨眼，接著，開了小小門縫，露出一雙眼和單邊招搖的梨渦。「會不會顯得不相信你？」

徐尉季才不買單這樣輕軟討好的聲息。

一字一句，停頓分明。「姚旻。」

「鎖門，鎖門，這是基本禮儀，國民好習慣，跟相不相信你的節操人品無關。」笑意傾瀉在話語裡，我急忙做了結尾，「我洗澡啦。」

能夠沒有煙硝彆扭的跟新認識的男生一起生活，這是打從娘胎出來都不敢設想的一件事，不論何時仔細想，都是一件非常非常不可思議的事，畢竟從前國中一次露營就可以跟同學冷戰。

雖然有些時候會孤單，但老實說，我同時很享受一個人。

只是多了徐尉季很好，這樣的情緒悄悄在心底發了芽。

對不起，沒能成為最好的自己，帶著大大小小的缺，跌跌撞撞的輾轉流浪，卻遇見這樣的你。

遇見這樣無從挑剔的你。

第一次明白，什麼是相似，什麼是適合。

威尼斯小城裡有數不清的橋，耳邊不絕於耳的不單是人們的笑語，更有潺潺水聲。某一日華燈初上，我頓住輕快踏在石橋上的腳步，驀然回首，彷彿滿城的夕陽餘暉都照在徐尉季身上。

平凡枯燥的長影，延伸進瞳仁，眼角一酸。

濕潤的眼光看出去的世界光景象是置入縮時攝影的手法，周遭的變動都影響不了他，不論如何物換星移，總有一個人溫暖如初。

一瞬間，眼不眨了、呼吸輕了，暈暈的腦袋裡只剩下一句話。

徐徐，你朝我走來了。

第二章

「我只是害怕自己沒有太多表面的傷口，不值得讓誰相信，我痛。」

——劉定騫

♥

當我誠實地聽自己說話，現在留學的日子事我期盼很久的生活。

然而，當我誠實地對自己扯謊，現在的生活風光明媚，每一場旅行都絢爛奪目，沒有你的後來我一次都不曾回想。

憶及許毅，自嘲當時的傻氣居多，竟忘了曾經的喜歡也是乾淨清澈。

在黯淡的時光裡消耗著、磨損著。

打住漫天的厭惡，我抬眼去瞧徐尉季的側臉，硬朗好看的下顎線條分明，噙著輕淺笑意的唇角，將輪廓襯得溫柔。

心裡的寒涼一點一滴被悄悄驅散，收在大衣口袋裡的手指微動，抑住某種失禮的衝動。

很想拉住他的手。

起風了，吹散一點曖昧的味道，一切像是錯覺，讓人悵然懷疑。

姚旻，醒醒。

他的溫柔不是因為妳在他心裡特別，不過是他習慣成自然的禮貌，無意傷人，無意撩人，妳受了傷必定容易趑趄。

容易身陷其中。

「想什麼？」

他的聲音降了下來，煦煦溫和，從頭頂到胸口都向被輕撫，我才發現我不自覺低著頭，已經錯過很多熟悉的風景。

抿了唇，不想讓他發現自己的煩惱。「沒有，就是、有點餓了。」

他盯著我的容顏，我自認笑得完美無缺，這是我長大以來的擅長，可是，在他眼前，我卻突然感到無所遁形。

緊了緊握拳的手指，努力不露出心虛。哲學家奧修說過，世界的本質是悲傷的，一旦我們試圖感同身受，便加入他們屬於他們悲傷，反而創造出更多的悲傷。我並不希望將鬱悶傳染給他。

「嗯，會胃痛嗎？妳今天早上只喝了奶茶。」我什麼都不想吃，徐尉季給我他隨身攜帶的沖泡式奶茶粉。

「沒有，那你餓了嗎？好像還有點早……」

「我去買煙囪捲，妳坐這裡等，一個人可以嗎？」

我的眼睛亮了亮，他記得我說過喜歡捷克的煙囪捲，也知道我只吃原味。我小碎步向前，想跟他一起去排隊。

他隨手拂過我的瀏海，溫聲道：「我知道好吃的那間比較遠，妳坐這裡休息，我很快回來，有事馬上打電話告訴我。」

知道這是他不容質疑的語氣，我乖巧頷首答應，順從坐回教堂前的階梯。

怔怔望著他挺拔的身形走遠，心底泛起淚意，深深呼吸一口，壓抑住近日格外喧囂的感性。

盡力說服自己轉移注意力，去想想其他，但是，想到的都是與他有關。

按照原來行程，我和徐尉季應該在昨天中午分別，雖然都是回法蘭克福機場，但他早我一班的班機。然而，此刻，我們一起在布拉格的老城廣場。

在那不勒斯的第二個晚上我跟台灣的朋友聯繫上，他是我和許毅的共同朋友，儘管是男生，比起跟許毅，他和我更加要好，當初我跟許毅的交往他甚至直言是不看好的，一度走向疏離。

輪到徐尉季洗澡，我盤腿坐在床上，肆無忌憚開啟語音通話。

只是不知道話題走向怎麼偏離起初笑鬧的抱怨。

「妳刪掉所有他的帳號了？」

「對，嚴格說是封鎖，我知道你懂我，我不是因為放不下才要這樣矯情，畢竟，分開是我認真提的，就是覺得留著也礙眼。」

我虛嘆一口長氣，「沒有他其實不難受，很輕鬆，可能因為刪光帳號，連他妹妹的好友都退了，他像是澈底消失在我的世界，然後，想起來我也不覺得遺憾。」

我也問過姐姐，我這樣是不是太沒心沒肺，沉默半晌，姐姐開口：「羅馬不是一天造成的，傷害也是，妳對他早就不能忍受了。」

「是因為妳這樣說我才放心，有件事我就告訴妳。」

被他突如其來的慎重搞得莫名緊張，我眨眨眼，正要調侃，他趕在我之前脫口而出，低低的聲音卻將我的耳膜震得轟隆。

「他交女朋友了。」一頓，他緩緩說完，「在你們確定分手後的一個禮拜。」

在你們確定分手後的一個禮拜。

我忘了表情，只能故作鎮定地反問一句，「那個會跟他一起外拍的學妹？」

「除了她還有誰？我們都覺得外拍是一團的人去，都沒有放在心上，我知道妳不會在意，也知道他會跟妳報備，妳要他有自己的時間分給他有興趣的事，他發的文章用學妹的背影，我們覺得是模特沒說話，學妹直接坐前座，我當下覺得怪，但是也沒有說話。」

汽車前座的事情，他是知道的，我小時候出過車禍，不是很敢坐前座，因為許毅喜歡拉著我的手，我努力不去排斥。

「他們都喜歡日文，也愛搞一些外拍，明明都是後製修圖，修到白得發亮，說是日系，修到黑得都是陰影，說是lomo風格，我黑人問號，真正好的攝影師才不靠那些，就像饒舌歌手不混音一樣好嗎！」

Jack的爸爸是專業的攝影師，說起攝影觀念和審美，他確實有他堅持和看法，因次每回都很看不慣許毅自得意滿的模樣。

「還一起創了一個小帳號，什麼森林系笨蛋情侶，也是，失去了妳，他是真得蠢成豬頭，果然智商一樣才能走到一起，不是只有我在說，妳配給他太浪費，連他朋友都會這樣開他玩笑，旁觀者都看得出來。」

抿了唇，這件事我是知道的。

許毅從會幸福的又笑又跳，說著得到我很幸運，走到最後，開始質疑我的夢想。

手機傳聲盡是他絮絮叨叨著很多我們不曾上心的細節，明明近在耳邊，卻恍惚變得遙遠，我咬緊下唇。

自尊心被踩踏的憤怒淹沒所有情緒。

他到底憑什麼……憑什麼這麼噁心。

難怪，姐姐也是知道了吧。難怪姐姐提起他都是滿滿的唾棄。

「姚旻……你們在一起前我就想問的，可是妳沒給我機會，你們閃電一樣交往，妳也說過妳從來沒有這麼衝動過，我想問妳夠了解他嗎？」

不夠，我了解的都是他給我看的模樣。

真正的性情和習慣，都是交往過後一點一點顯露真相的。

不修邊幅，房間和車內經常有累積多日的飲料杯子；光說不做，總想像著寒暑假要去打工，最後卻虛晃著日子，因為我不能排休陪他賭氣；不阻止我追星，但不遺餘力要我分出時間跟他一起追動漫；埋怨我們共同興趣很少，要求我跟他起去外拍，可不願意和我待在書局看書。

很多時候，打著希望我們更親近的理由，拚命要我配合著他。

終究淪為不是相互理解的遷就，誰心裡都不舒坦。

有一個月的爭吵是因為社團活動的舉辦，身為總召的他不光是開會遲到；材料清單的準備也不負責任，到前一天才丟出一句「我怎麼知道缺貨」；每一次的說話不經大腦都用「real」包裝，或是解釋不過去才道歉，解釋自己前一天晚睡腦袋不清楚。

我們真的太不一樣。

我也真的不能忍受這樣的他，他只是要一個人對他言聽計從。如果他跟學妹一拍即合，那就這樣吧。

「哎，Jack。」

「……我是不是不該這時候說？對不起啦，我不想要妳連好好玩的心情都沒有了，我……」

「我沒事，只是很生氣，只是生氣總比難過好吧。」難過會哭，我不願意為了他流下眼淚。

第一次如此深刻體會到自己的無助，不論他說什麼寬慰的話，不論是指責他，或是鼓勵我，我都克制不住甚囂塵上的怒意。

不是年少輕狂，我就是覺得自己眼瞎。

一端傳來他說：「人生總是會遇到幾個人渣。」

混沌的思緒被一旁的動靜拉回注意，徐尉季大概洗好澡了。

摁斷電話前我只留下一句話。「Jack，我是不是該慶幸……我很快提了分手？」

而不是，狗血的肥皂劇或創作文一樣，要到抓姦在床。

趴回枕頭，蒙住整個面容，結束通話再也忍不住，氣到哭出來。

「去把頭髮吹乾。」

「……哦。」

話是如此答應，我卻一動不動。都忘了徐尉季有謎之耐心。

似乎察覺我的不對勁，毛巾摩擦他濕透頭髮的動作聲音一頓，接著，是他漸近的腳步聲，拖蹭著地面。他的氣息近在床緣，我抿了唇，堅持沒有反應，當作挺屍。

望著我半晌，徐尉季沉聲道：「姚旻。」

就是這個嗓音、就是這個語調。

不論我如何任性耍賴，聽見這樣的語氣總是會乖乖見好就收，近乎是我們之間的小默契。

只是此刻，不想要他看見這樣的我。火冒三丈的醜態，一定非常不可愛。

而且，到底關我什麼事？

理智清楚的知道關於許毅再也與我無關，可是，儘管我平時表現得逆來順受，我也是有底線的。揣著穩穩當當的自尊心，是支持著我的驕傲，然而，同時是最常傷我的利刃，滿溢在胸口的自嘲與怒意往往需要耗費時間消化。

容忍不了自己被憐憫、被放棄，容忍不了自己達不成理想。

扭扭身子，不過是移動了毫米距離，徐尉季沒有開口催促，像是無奈的父親，我能感受到他的視線，終於，長長深呼吸，準確背對著他坐起身，扯起一旁的寬大浴巾遮住大半的神情，噠噠溜進仍冒著熱氣的浴室，呼啦啦吹起頭髮。

溫暖的熱氣罩上眼睛，眼角一酸，在胸口不斷喧囂的委屈越演越烈。

滿腦子都是許毅令人討厭的臉。分手的隔天還在對Jack哽咽他很痛苦，還在對我低聲希望能繼續當朋友，一個星期，就一個星期。

確實，用不著他對我念念不忘，用不著他一蹶不振，可是，一個星期難道真的不誇張嗎……

原來，曾經哭著分不開，轉身又是澈底相反的嘴臉。

到底有多缺女朋友……

吹風機的噪聲停歇了，我盯著鏡子裡的自己發呆，眼眶泛著竭力忍住淚的紅，討厭自己生氣也會哭。直到反射出徐尉季清俊好看的面容，後知後覺眨眨眼，試圖掩飾滿眼的通紅。

「還好嗎？」

還好嗎。

我聽過這樣的說法。問「怎麼了」，關心的是事情，問「還好嗎」，關心的是我。

我點頭，遏止他進一步的關心，其實，我也猜不到他接續會說什麼，但就是不要他再靠近我不堪的一面。

沒來及做好心理準備，讓他看見又氣又恨的我。

「……徐尉季，你別管我。」

冷硬的聲線掀起無邊無際的疏離，完全將他割除在外。徐尉季止住步伐，相差著幾步之遙，靜靜凝望我，選擇沉默，亦是選擇尊重我的決定。

嗓音依舊溫溫，「就算開了暖器也不要不注意，穿了拖鞋再走。」他將拖鞋拎到我腳邊。

「大燈我關，妳先休息。」

「嗯。」像是用盡力氣才擠出一個單音。

垂著腦袋，與他錯身，有一瞬間是想拉住他的手跟他道歉的。

重新躲進被窩，一點睡意都沒有，即便腦中嗡嗡作響，特別紊亂，反而像過運轉的機器，發著燙，越發清醒，所有好的壞的全湧上來。

耳邊是徐尉季動作的細響，如往常居家，但我卻失去賞心悅目的心情。

自從來到歐洲，我自己設計一個個人網頁，特別紀錄身為交換生的生活，焦躁的、難堪的，幸運的、感動的，每一篇文章都記述著最真實的感受，每一趟顛簸的旅行也都從手帳中細細整理成圖文並茂的內容。

因此，極少在曾經成癮的ＩＧ上發文，偶爾發發限時動態已經是極限。

現在破天荒發了一篇文章，刪刪減減許多回，徐尉季見我還在使用手機，給我留下一盞小夜燈，並不淺淺笑著要我早點睡覺。

我們都明白，再如何親近熟識的我們，仍然保留著一塊空間是彼此未踏足的私地，我們會有需要各自吸收一些情緒的時候。

按下「完成」發表的前一刻，情緒與冷漠理智的文字截然不同，但在真正送出當下，吐出長長一口濁氣。

像是終結所有躁動與厭惡。

張愛玲說：「忘記一個人只需要兩樣東西，時間與新歡，你選擇了新歡，我則選擇了時間。」

配圖是正要離站的老舊火車。

六小時的時差距離，台灣是黎明清晨時刻，短時間不會有人回應，我扔開手機，蒙著臉手腳全縮進被窩。

混亂的腦袋讓耳畔彷彿嗡嗡作響，咬了下唇，卻是暗暗後悔，剛剛好像遷怒徐尉季了。

吸了吸鼻子，刻意忽視不斷湧起酸意，其中交錯許多複雜情感，離不清反而讓人慌亂，不知道怎麼冷靜下來。

抿緊唇，深怕呼之欲出的道歉會帶出燙著眼眶的淚水。

不甘、噁心，以及歉疚，

我比誰都清楚，相較生氣許毅，我最最最不能放過的是，自己。

因為年少，誤會當時的衝動是青澀的喜歡，回頭看，其實沒有那麼喜歡。

不過是，當時的日子裡都是他，他追著我，他對我的貼心照顧，朋友們的挺力相助與吹拱，好像，不答應都在浪費他們的期待。

也害怕，淪為許毅朋友口中調侃著說「工具人」。

是啊，我從來都很在意別人的眼光。

曾經有那樣的想法一閃即逝。我默許他追我，可是他沒有打動我為什麼是我的錯？

我的喜歡，淺淺的、慢慢的、內斂的、彆扭的，他都是知道的。原來，不過是知道，不是理解，因為他早就打掉定主意要我通通改了。

他只是要一個理想型女朋友。

咬緊下唇，我懂我自己，不否認小心眼和愛恨分明的隱性脾氣，我要多努力，才可以做到壓抑將你傷害一回的念頭。

所有怒氣彷彿砸在棉花上蒼白無力。頭好痛。

好想要將自己縮小再縮小，徐尉季在那麼近的地方，既美好又溫暖，我閉上眼睛，幾滴眼淚混進枕頭裡，自慚形穢，低進了塵埃。

我是那麼差勁。

♥

慶幸這是我們旅行的最後一個晚上，同時，也遺憾與難過可能這會是我們最後不歡而散的結果。一樣的早晨，一樣的陽光傾灑，眼皮微顫，我卻是不想醒來，不想要起來面對世界。

沒辦法面對徐尉季。

沒料，悠悠轉醒的徐尉季蹭著棉被，偏頭瞧了我一眼，他平時不是這個時間點睡醒的，我眨眨眼，有點沒回過神。

我應該沒有吵到他吧……

他揉著惺忪的睡眼，修長的手指俐落點著手機螢幕，一面溫和開口，嗓音帶著初醒的磁性沙啞。

「妳有急著回去德國嗎？」

「……啊？」

「就是，有沒有急著回學校去處理事情。」

我搖搖頭，但遲疑接口，「沒有事情要處理，語言分班已經出來了，再來只是等著開學，可是，我還是急著回去啊。」

原本仔細盯著手機，他忽然望過來，「為什麼？」

「機票都訂啦，所以急著搭飛機回……回法蘭。」接觸到他的目光，語速越發放慢放緩，他的眼眸裡有讀不懂的光。

淺笑不語的好看模樣，令人一時間忘了追究。

「……怎麼了嗎？幹麼這樣……看我？」莫名毛骨悚然，莫名羞澀。

「把機票改了吧。」

「哎？」徐尉季沒醒吧。

下意識掐了自己的臉頰，很快泛起紅，一層一層的笑意也在他眼底漫開，我仍有點發怔。改機票？

現在？這麼臨時？他是這種個性的人？

我選了看似最合理的猜測，「徐尉季你夢遊呀，說什麼夢話。」

「為什麼覺得是夢話？」唇邊噙著微笑。

「……哎，因為、因為……機票是買廉航的，哪可以說改期就改期，還是在當天早上，都只能直接取消或不搭，然後買新一張票。」

他理直氣壯的口吻帶著幾分玩笑可愛，明明奇怪的是他，我卻被問得一愣一愣，忍不住自我懷疑。

「我說可以就可以，把妳的班次號碼給我。」

「徐尉季。」

「嗯？」

「你家開航空公司呀？」

……

徐尉季毫不留情給我一個結束一切的句點。淡然的目光洩出一點點鄙視，逕自伸手拿過我正在整理而扔在床面的護照。

我趕緊湊過去，攀著他空閒的手臂，看見手機頁面，實打打的嗆了下。徐尉季還真的再訂新一張的機票。

扯住他的手，「你真的要改機票？還帶我的？」

「不然？」

聽聽這桀敖不馴的語氣，不得不說太霸道總裁，不符合他的形象呀。

今天的徐尉季怎麼有點盜版……

撇除胸口不安分的怦然，語速極緩，眼光攥著他的面容，試圖找出一絲他在開玩笑的蛛絲馬跡。

「你連去哪都沒有告訴我……」就直接拿我的護照訂機票。

而且我還沒有拒絕！沒有膽量拒絕……

徐尉季最可怕的是似笑非笑，猛一看是春寒料峭，心肝都要抖兩下。

「不說，但是，妳會喜歡的。」

然後，然後，我就站在這裡。

三個小時前站在布拉格的機場，現在在舊城廣場。

飄遠的思緒漸漸收攏，已經跳脫出那段突如其來噁心的消息，回到近在咫尺的徐尉季。

他確實是對我的傷心我的生氣不聞不問，但是，是屬於他的獨特溫柔。

不自作主張隨便越界，同時，保護我的自尊心。不可否認，我有帶刺的驕傲，經不起同情憐憫，受不了多於的直白關心。

要到目光沉沉盯著維修中的天文鐘，外觀包裹著藍色的塑膠網布，上次前來時候也是如此，在腦中迴盪的卻不是可惜，而是，恍然的感動。

徐尉季要我開心，不是我自作多情。

眼角酸了酸，輕輕揉揉，揮去那點湧上來的淚意。仰望碧藍的天際，將那抹濕潤眨回去，我這多愁善感有點像孕婦呀。

這樣無風無雨的日子，遇到一個令人心動的人，一份恰巧來得多不容易。

一個能夠讓我久違地呼吸到陽光氣息的人。

願意因為他一生晴朗，但是，捕捉到傾瀉在他眼底的溫柔寵溺，沉淪之際，回憶起先前的雷鳴雨季。

我想，我能學會再去喜歡一個人，甚至是喜歡他，做不到的是，喜歡現在的自己。

遙遙的眼光沒有焦距，直到闖進一個模糊的熟悉身影，從容不迫，凝神慢慢將他看得清晰，撩人的光線在俊顏蒙上一層金黃。

下意識，我衝他露出笑容，眼底一片燦爛，相互輝映。

「看到食物就開心了？」

彎了眼，小雞啄米似的點頭，接過煙囪捲擋住上揚的嘴角。見到你回到我身邊也開心。

向旁邊挪了空位，討好的拍拍看不見的灰塵，我仰首望著他，眼光一片瑩瑩水潤。「坐呀，幫你擦過，不髒不髒，腳不瘦嗎？」

「還好。」

「嗤，那你站著好了。」

彷彿必須與我作對，眼底閃過深意，挨著我不客氣坐下。趕在我開口作弄前，塞了紙巾到我掌心，他道：「好好吃，待會擦嘴。」

……這是嫌我吵嗎。

以至於，顧忌要吃得優雅，真正吃完我已經忘記要說的話。

徐尉季瞅著我直笑的模樣分外扎人，心底的陰霾與天色如出一轍，剎那被日光、被他的笑撥開，到處都是心花怒放。

天朗氣清，如果布拉格永遠都是這樣如夢似幻的美好，值得耗盡時光醉生夢死，肅穆沉穩的鐘聲響起，嗡嗡震在心尖。

低眸，察覺兩人肩膀輕輕相觸，我皺了鼻子，心一橫，將重量壓給他，感覺他倏然的僵硬，立刻施力支撐住我，他眼眸一詫。

壓抑著一絲悸動與依賴，只留下滿滿的調皮任性讓他看見。

關於布拉格的記憶忽然一幕幕淡去，依靠徐尉季肩膀的溫暖觸覺脫穎而出，成為最深的雋刻。

「不知道我回國前有沒有機會看見整修好的天文鐘。」瞅著眼前讓人喪氣的畫面。

他沒給我單薄無理的希望，也沒有打擊我的嚮往。

伸手將我的腦袋擺正，視界裡衝進來來去去的人潮，萬頭鑽動，爽朗甜膩的笑聲不絕於耳，似乎眼底的陰鬱都被沖散一些。

「都還沒有開學，就已經在想回國。」

「……我這是怕留下遺憾呀，再說，我現在根本不想回國……」

想像要跟那個噁心的人類呼吸同一個城市的空氣就反胃窒息。

歪著頭，認真尋思，不知道學校能不能延長交換時間。

徐尉季多聰明，聽懂我的意有所指，他不戳破，嗓音不變，「妳很清楚，逃避不會比較好，像一個未完待續的災難。」

確實，沒能攤開好好說明白，始終是一場懸而未決的心事。

當初分手離開得匆忙，關於他的禮物或生活用品一樣都沒有收拾，想起那些收藏在我櫃子裡的、躺在我書桌床頭的，渾身不自在。

聽說前些年克羅埃西亞的首都興建一座失戀博物館，廣納失戀者捐贈的展品，不覺得我跟許毅之間的物品有情深到需要如此紀念，我也感到苦惱。

所有的所有都像燙手山芋。

也不能問他。如果徐尉季沒有說謊，母胎單身至今，理所當然沒有分手經歷，自然不會擁有這樣的煩惱。

紙相機、日本彩妝和保養品、巨型的娃娃，以及瑣碎的小飾品與紙條卡片，掰著手指頭計較起，額際陣陣抽痛。

還有太多牽扯。恨不得撇清的關係。

都說咚地一聲將那些舊物扔進垃圾桶是一件舒暢的事情，我瞇起眼睛，清風撩起我的髮絲，遮住我眼底沉沉的陰鬱。

我卻是覺得去砸在他臉上比較痛快。

就算因此需要再見到他那張討人厭的嘴臉，找Jack陪同，比誰都底氣足，憑什麼是我示弱，該心虛的是他。

「想什麼？」

「丟東西……沒、沒想什麼。」

完蛋，嘴巴比腦袋還快，呵呵傻笑兩聲，收回與他相觸的視線，徐尉季太敏銳，不想被他看見我的小惡意，我現在很憤世嫉俗啊，連自己都討厭。

低眉斂眼的乖巧模樣，乖乖跟在他身邊。

身邊許久沒有聲音，掙扎著，我偷偷瞄他，正好瞥見他深眸裡的精光，沒有尖銳、沒有嫌棄。

他拍拍我頭頂，「之前來布拉格去過那裡？有哪些地方還沒去？」

「知道在哪裡可以看到最美的布拉格全景嗎？」

「不知道，反正一定不是布拉格城堡，我上次去覺得不怎麼樣，滿滿都是人，有點失望，不知道是不是天氣的關係。」

「那邊都是觀光客在去的。」

「那就是天文鐘啦，現在整修我上不去，真的是來幾次遺憾幾次。」

他望著我懊惱的小脾氣，眼光染笑，慢慢搖頭，「也不是。」

「那還有哪？乾脆開一台無人機去拍，絕對壯觀。」

「我是很想。」溢滿愉快的聲息比我還失落，他這是什麼謎樣的執著。

一直沒有問過他到底研究所專業是什麼，只停留在最初工科男子的印象，該不會是開發無人機這種航空相關的吧。

我不自覺去扯他的衣袖，「所以是哪呀？我查明天的天氣，是大大晴天，絕對適合去的。」

徐尉季靜靜勾了唇，殊不知這樣不經意的舉動分外撩人，我趕緊偏開目光，錯過他溫柔如水的注視，滑過我蜷起的手指、抓皺的衣衫，還有，淺淺泛紅的臉頰。

「在查理大橋附近，有一間學院，學院裡的天文塔是可以進去的，不用多少克朗，很值得上去。」

「你怎麼知道的？」我這腦袋，他在這裡讀研，生活時間長，當然知道。

「去參觀裡面一個巴洛克式圖書館，同行的捷克朋友提議上去看看，天文鐘整修前我去過，真的要選，我會天文塔。」

「你提一次天文鐘我就對它念念不忘一次……」

徐尉季愣了愣，深邃的眼眸促不及防竄進我癟嘴的任性模樣，低下頭，斂了神情，我觀察許久，才發現他在笑。

沒有忍住的那種，笑意溢出唇瓣，溫溫煦煦。

他喉結動了動，嗓音低沉，竟聽出幾分纏綿寵溺，我心口一片酥軟。回神，在心裡鄙視自己的定力。

「等天文鐘修好，我們可以再一起來。」

等待餐點的時間，徐尉季抓準時機打了一場遊戲，瞄他一眼，含笑的目光帶著無奈，他就這時候會像個小孩子。

低頭握著手機登入ＩＧ，關於那篇文章的訊息雪花似的墜下，多到目不暇給，我滑著頁面，迅速瀏覽一回。

挑選幾個重要的回覆，沉吟片刻，到個人主頁的的方將帳號鎖成私人帳號，接著，切換到追蹤者部分，開始細細刪除與許穀相關的人際。

我一點都不想他的妹妹、他的學長姐、他的朋友出現在我的生活，儘管是看一眼我的動態消息，我都覺得何必。

知曉的當天我只取消了對他們的追蹤，從Jack口中得知可以主動退了他們對自己的追蹤。所有關注都起因曾經男女朋友的關係，少了這層關係，那些人全與我無關。

不會感到可惜。

「徐尉季，我們待會還去哪？」

匆匆收拾了滿溢的情緒，若無其事點點靠近他的桌面，正好餐點送上，他移開手肘讓出位置，同時，放下手機，一點都不耽誤進食。

他抽了紙巾先塞進我手裡，我無語，「我不是小孩子好嗎，不會吃得滿嘴都是，幹麼一直給我衛生紙？」

他一笑而過，黑曜石般的雙眼灼然明亮，朦朧暗光下美好到令人心慌。

「妳想去哪？不要說天文鐘。」

「……哎，隨便晃晃就好，也沒有特別想去的。」不服氣地努努嘴，澈底被預測了。

「好，隨便走，我很閒。」聲音溫溫潤潤，在嘈雜的餐館中脫穎而出。

我憋著笑，點頭，「哦，你鹽分很高。」很鹹很鹹。

「嗯，顏值很高。」

「啊？」

本來想要開玩笑，反倒是被他出乎意料的回應耍懵，徐尉季的溫柔笑眼裡倒映出我真誠的迷茫。

眨眨眼，思緒兜繞半晌，沒有跟上他。

徐尉季伸手揉揉我的頭髮，眼裡是一片耀眼，收回的手停在下顎，比出七的耍帥姿勢。

「顏值。」鹽值。

……我順手扔了紅蘿蔔到他碗裡。

隔天的步調十分倉促。

一如既往的，天際破出一絲和煦的陽光，緩緩地，直到大片傾瀉進屋子裡，徐尉季少見的比我醒得早。

我瞅著他蹲在行李箱旁的身影，以為還在作夢，用力揉揉眼睛。
「醒了？」
「……哦。」反應完全慢半拍。
「昨天晚上很累？」
……為什麼這話聽起來很不對勁。
呆呆沒有說話，視線掠到落地窗，我納悶，「窗簾你是剛剛才拉開的吧？」明明記得睡前他刻意拉得密實。
他露出有點意外的神情。
拎起躺在沙發扶手的外套，接著，一步步接近，在我頭頂鬆了手，鋪天蓋地遮下來，沉淪於他眼底光亮的神智倏然斷裂。
一片漆黑的視界，耳邊是他清朗的低笑。
「想要妳好好休息，找方法對付妳的照光機制。」
「……幹麼呀……我也要起床收行李啊。」
突如其來的溫柔讓我一愣，失去如暢的說話能力，彆扭的皺了鼻子，慶幸擋在寬厚的外套底下，不用顧慮臉頰是不是紅了。
他的聲音隨著步伐遠些。「我知道妳昨天收得差不多了。」
「那我，我要綁蘋果頭，要大把大把時間呀。」這份故意的任性一點都不像我。在徐尉季面前，我比任何時候都會撒嬌。

……什麼時候變成這樣的相處模式？

「那就別吃早餐。」他涼涼道。

「……徐尉季，你不能虐待兒童。」

「還玩嗎？不起床？」

癟癟嘴，扯掉外套，差點被不適應的光線閃瞎視力，我微微瞇起眼睛，覺得徐尉季蓬鬆凌亂的髮絲黑柔和溫暖。

睡意豁然開朗。

是啊，今天就要分開了。

壓著底線抵達天文塔參觀入口，要是錯過預約時間，我會哭出來

折騰了一個多小時，馬上回旅館扛行李直奔機場，一起返回法蘭克福。從一個人搭飛機的淒涼，變成兩人的依靠，有時候落後一步，凝望他的背影，就感到安心。

入境德國便全是我瞭若指掌的，穿越航廈間、機場線火車、城市列車，環環相扣，沒有浪費一分鐘，中途等待的時間拉他去買德國超鹹麵包。

如願看見他皺眉的表情，心裡充滿捉弄成功的愉快。

將近五十分鐘的車程，我的城市比徐尉季的要早抵達。坐立不安盯著時刻顯示，相處的時間不斷流逝。

留放在耳畔的音樂好像越唱越低迷悲傷。

네가 날 기르고 길들이면 / 우린 서로 떨어질 수 없을까 / 둘도 없는 친구가 될 수 있었을까

你若是將我豢養，我們就能從此不分開嗎？是否能成為獨一無二的朋友？

어린 왕자가 내게 말했어 / 사람이 사람의 맘을 얻는 일이라는 게 / 가장 어렵다고 그렇다며
내게 다가와

小王子對我說，人如果想要獲得對方的心是最困難的，他這樣說著向我靠近。

驀地，沒頭沒腦的，徐尉季塞了一個牛皮紙提袋給我。

「這什麼？吃的？」

「……不是。」他笑得有點無奈，我搔搔臉，露出剛好的靦腆。

努努嘴，我低頭就想拆開，一把被他攔住，寬厚的手掌覆在我的上面，有意無意的摩挲過我的指骨，撩起一絲異樣的曖昧。瞧一眼他正人君子的清淡眸光，我撇撇嘴，肯定是我多心。

揚了單邊的眉，就是在問他阻止我幹什麼。

眼見快要到站，廣播著Gießen要到站，跑馬過的風景也逐漸熟悉起來。

垂下眼簾，竟然不想跟他分開，希望車程可以再長一些、再久一些。

本來都是會在心底埋怨德國火車又誤點，這一次卻是想要延遲多一點。

不如去他的Marburg晃晃吧。

這樣的念頭一閃而過，噎在喉嚨，凝望他半晌，終究是沒有說出口。這夜半的，說要到他的城市多引人遐想。

分神之際，他溫和深沉的嗓音壓了下來，「回去再看。不用這麼著急。」

「哪不急，很想知道呀，如果不滿意還能退貨。」我笑咪咪。

他輕輕捏了我的臉，「姚旻，開心了？」

偷偷覷了他，眉眼含笑，乾淨溫潤，沒有威脅、沒有惡意，車廂內不敞亮的光線柔化他的稜角，任何角度的他都是好看的，我也能跟他繼續笑鬧。

「我十號開學，你們也差不多吧。」

距離開學還有一個多星期，日子如果閒適，想要都捧到他面前。

橫過幾個城鎮，只想要走向他，貪戀屬於他的溫暖，是什麼樣的身分都沒有關係。

他聽懂我的言外之意，默了默，眼光深邃，彷彿沉潛一望無際的深海，牽扯人的思緒，讓人越陷越深。

「姚旻。」他徐徐開口。

「……幹麼。」

「我們可以再出去玩。」

眼角一暖，鼻子狠狠發酸，我抿著唇，像個小孩子也無所謂，我的快樂不用在他眼前抑制遮掩。

Gießen即將到站，車速已經明顯慢下，緩緩進了月台。我整理不好溢出眼光的不捨。

他的呼吸忽然近了，修長的手指擺弄著我的圍巾，最後拽起連身帽子戴上，哄小貓似的摸我的腦袋。

「風大，帽子戴著才不會頭痛。」見我乖乖點頭，他笑意更深，「等我辦好銀行，妳帶我玩德國。」

佇立在月台邊，濕潤潤的目光緊緊攥著他。

我沒有流淚，只是，洶湧到心口的悲傷被壓抑、再壓抑。我要他記住我的笑臉呀。

手指捏緊他給我的提袋，沉甸甸的心意燙著手心。

當火車如時闔上門，徐尉季似有所覺，準確無誤捉住人流裡的我。當他的唇角的笑從眼前跑過，一股漫天的失落終於攫住我所有注意力和堅強。

習慣真的很可怕。

習慣入夜有徐尉季陪伴，習慣我們一起走長長的街、一起披著沉沉的夜色。一個人這個詞忽然在世界裡放大無數倍。

頹然坐在車站室內的椅子，發怔一會兒，靈光一閃，低頭迫不及待拆開禮物……摸出的卻是一本書。

Der Kleine Prinz。小王子，德文版。

輕輕翻開第一頁，貼著有他筆跡的便利貼——

世間所有相遇，都是前世彼此相欠。

他選出了幾句話作了中文翻譯，我輕聲在心裡念過一句。

我再也克制不住沉重的情緒。那些堆積在身上的傷痕累累，那些來不及排解的鬱悶，那些不想承受的分離，化成淚水，斗大斗大掉下來。

用力抹去，一面獨自去走回家的路，在眼前綿延，好似看不到盡頭。無聲的哭泣，我努力將陰鬱哭出來。

再遠的路我都自己走過，一個人哭，一個人經歷。

♥

「我始終認為一個人可以很天真簡單的活下去，必是身邊無數人用更大的代價守護而來的。」

姚旻，在我面前妳可以儘量任性。

原來，是他的理解，鞏固我的孩子氣。

讓我一心向陽。徐尉季像地中海捲起了的海風，來得措手不及，驀然回首，徒留掌心的餘溫。

然而，這樣漸漸淡去的知覺反而掀起更巨大的失落。

我將臉埋近雙手手掌，掩住眼光落點，不再去望著《小王子》發呆。

打從四天前分開，我們最後的信息對話停留在分別當天象互報備平安。他在火車離站的同時給我一則「到家告訴我」的關心，緊接在我聽話的訊息後面，是他也到家的訊息。

於是，交換了彼此宿舍窗外的夜景，各自疲倦道聲晚安。

這份沉默也就一直延伸至今。

低不下自尊心去先與他聯繫。每日甦醒，仰面躺在床上，握著手機不爭氣地檢查有沒有他的未讀訊息，縱使日復一日失望，依然彷彿樂此不疲。

好幾次都咬了唇，下定決心要發訊息過去，真正盯著對話框，思考將近十分鐘，腦袋一片空白，不知道能用什麼當作自然的開場白。

徐尉季你在忙嗎？

我搖搖頭。忙就不會回妳訊息，不對，忙的話，妳還廢話打擾他。

徐尉季你銀行的事情處理好了嗎？

我皺了眉。沒有的話，妳也幫不上忙，而且，這是懷疑他的經濟能力嗎？

……吉森陽光超好，你那邊天氣好不？

我長長嘆出一口氣。這話題自己都不忍直視。

鴕鳥心態的拖延著，雖然想念，卻也得過且過。悄悄萌芽的上心不夠讓我做不像姚旻會做的事。

可是，我不希望我們就此無疾而終。

我相信他說的「會慢慢認識」、「我們可以再一起來」、「我們可以再出去玩」，不是蒼白的客套話，只是，誰要跨出第一步。

姚旻，姚旻。曾幾何時，妳長成現在的樣子，冷漠、理智、彆扭。

生命裡不曾出現過非要不可的喜歡，沒有到要丟了驕傲，沒有到飛蛾撲火，不論是結束的許毅，甚至是，此刻的徐尉季。

也許，早就失去那樣的勇氣，早就走遠，喜歡得沒有道理、喜歡得無所畏懼的年紀。

幽幽回神，一個上午的晨光揮霍殆盡，早餐也沒有吃上。關起舊照片的資料夾，我起身，姿勢彆腳，無聲哀哀喊著，腳麻。

瀏覽器的分頁之一突然傳來叮咚，一面拉筋，我看也不看一眼，八成是姐姐下班閒得慌，要找我蹉跎歲月。

攏緊針織外套，我到公共廚房用不久前煮開的熱水沖一杯奶茶。

滿滿都是徐尉季式的溫暖與甜膩。

回到電腦螢幕前，一口奶茶差點燙進喉嚨，我大大咳嗽。黑亮的瞳孔驀地放大，深怕是海市蜃樓的幻影。

用力擰了自己大腿一把。

徐尉季的頭像閃閃亮著光，他說：「姚旻，吃飯了嗎？」

偷偷摸摸用眼角餘光去瞄他，依舊心中感嘆著不可置信。

就這麼被他拐出門？就這麼一起到法蘭克福？

眨眨眼，下意識勾長手去拽他的衣角，抿起唇克制不住上揚的弧度，他有所察覺，低頭看著我的手，將他的外套扯皺。

與記憶中如出一轍，徐尉季的微笑總是無奈裡染著縱容。

原來真的不是夢。

過去十多天的相處，以及，此時此刻站在我身邊，不管何時的他，都是確確實實存在的。

「一直看我幹麼？」

「……哦，是我這個方向陽光太刺眼好嗎，誰看你。」

愈說愈小聲，沒有底氣的謊言不攻自破。徐尉季彎唇，清淡的目光擺明向後望去，完全駁回我的說法。

趕緊扯了他的手臂，轉移視線，正好腳下拐過一個街角，我手指幾公尺外的百貨大樓。

「這就是這棟，它的地下一樓有超大間的亞洲超市，東西很齊全，價格也不算貴，我就是想帶你來這間。」

他順勢看一眼，不抓住我的小辮子繼續為難。疏淡的眉眼盡是柔軟的笑與細膩，嗓音沉沉，分外有磁性。

「嗯，待會回來逛，先去吃飯。」

「徐尉季，你肚子餓沒有臭臉，表揚你一下。」

「表揚？怎麼樣表揚法？」他挑了眉，大有要求獎勵的意味。

我一怔，原來只是玩笑的調侃，他莫名當真，我搔搔臉，有些遲疑，「……口頭稱讚？還是，你要拍手鼓掌？」

「妳自己想。」

嗯？

嗯嗯嗯？我自己想？

徐尉季說我自己想……他是不是又壞掉了？

最後，選了一家頗有盛譽的日式料理店，廚師確實來自日本，食材與口味都十分道地，尤其是米飯的口感，想念的亞洲米。

初來乍到，在德國的超市不光是買他們尋常的義大利麵，自然不能忘記小包裝的米，種類繁多，一時新奇，買的是牛奶米，但是，怎麼煮都堅實得粒粒分明，超級難吃。

一直覺得是我廚藝不堪，和徐尉季說起這段悲傷的遭遇，他笑著解釋那就是歐洲米的口感。

鼓著臉，像是幸福滿足的倉鼠。「是不是好吃？是不是可以變成愛店？這就是家鄉味。」

「吞下去再說話。」

「幹麼……不會噎到的。」

徐尉季勾唇，雲淡風輕道：「不好看。」

……好，他這一擊斃殺的技能有點高。

咬著筷子尾端，我重新振作精神。「所以你事情都處理好了？」

「嗯，昨天就結束了。」微笑的眼睛藏著寵溺和促狹，無可挑剔的五官在暖光下異常生動，他低聲笑，「其他時間在想妳是不是想賴帳。」

其他時間在想妳……是不是想賴帳。

長睫下的眼輕眨，句讀斷句果然是文學不可或缺的功課，我費力忽視臉頰的燥熱。

「什麼賴帳？」

「不是答應帶我玩德國？」

「我……」聲音軟糯糯。總不能說出口在故作矜持。

徐尉季的容色淡淡的，不是追究，嗓音淡淡的，是他深沉的包容。

空間內不時響起日文的歡迎光臨，這些人生雜音都被遙遙甩在後頭，唯有他的話語破雲而出。

「我可以先找妳，可是，等待時間的長短需要一點默契，等久了不是浪費時間嗎？」

我拉著徐尉季介紹我最愛的韓式泡麵，每一種口味的差別都鉅細靡遺形容，但是，流暢的語速不得不因為強烈的目光頓下。

眉角隱隱還有著彎彎的弧度，但臉上神色卻是晦暗不明。我摸摸臉，沒有感覺哪裡不對勁，我也沒有說錯什麼。

繞到他跟前，我仰首面對他。「徐尉季？」

「妳對這些泡麵很了解？」

我衝他大大點頭，得意的神色在眉梢眼角亮著光彩，不料，他卻是臉色更沉，我是俊傑，是識時務者，立刻閉上嘴。

他緩緩問道：「妳不要告訴我妳到德國的一個多月常常吃泡麵，姚旻。」

「我……我有加青菜。」與他瞇起的威脅眼神對視，我有些心慌。「我也有跟你說青江菜、小白菜，還有秀珍菇，那些很便宜的……」

「加了菜就不是泡麵？」

「不是吧……是清湯面。」我有點遲疑。

見他大有不放過的氣勢，我趕緊替自己厚實立場，徐尉季是溫柔的人，但書是，不能踩到他的脾氣底線，似笑非笑的清冷模樣不怒而威。

我乾巴巴抱怨，「哎，徐尉季你不能怪我，你看，我連米都煮不好了，不能強求我那麼多，我聽到學長花兩個小時準備晚餐才覺得浮誇，宮保雞丁、糖醋肉什麼的。」

噢，耍賴求饒沒用。

這人怎麼這樣，笑得漂亮好看，說話卻透漏咬牙切齒的味道。

偏偏我還很找虐，一點都不反感。

「姚旻，妳是要待半年，不是玩一星期就回國。」冷硬的聲線當真一點婉轉餘地都沒有，較真的語氣近似責備。

我一怔，聲音頓時囁嚅，「我……」

一秒的理智評估讓我嚥回「徐尉季你不要大驚小怪」這句調劑氣氛的胡鬧。見不得他不開心的神情，皺著眉。

我軟了話，「我也不是整整一個月都吃……泡麵，我也會換點別的吃，真的，我也活蹦亂跳活到現在站在你面前啦。」

「姚旻，要繼續說？」

「我錯了……」

不斷與我錯身的人潮絲毫沒有撼動他半分，他周身氣息冷冽，加深沉默空氣中的侷促不安。

他揉揉太陽穴，傷神，「我知道妳可以照顧好自己，姚旻，其實妳只是，不夠珍惜。」

被他沉重的嘆息命中，我全身僵硬，眼底泛起厚重的驚詫。

突然不知從何辯駁，也不清楚他到底是對我了解，或是他對誰都如此細膩，又其實，我可以理直氣壯對他說一句「你胡說」。

不過是他過度解釋。

喉嚨開始錯覺似的乾澀，我咬了下唇，目光不安。「我……」

我沒有三個字始終如鯁在喉。

「幹麼一副我欺負妳的樣子？」半晌，他低笑，溫煦的笑與聲息像是從深處沉沉震出來，當頭落下，彷彿要將我委屈徹頭一淋。

在心底濕透，不可抑制微顫。

「你就是欺負我，太兇了。」

「還裝可憐，知道錯就點頭。」扛著他威脅的眼神，我幾不可察的頷首，皺皺鼻子，不是反抗，是盡力忍住帶著淚的酸意。

他真心關心我，我一直都知道。

「那你還要買什麼？」

「再去看幾樣調味料，也要買包米。」話落，他側頭看我，眉眼微揚，「姚旻，跟上。」

「聽到啦。」

「找時間妳去我那裡，我煮給妳吃。」

細辨他的語氣，不敢再惹他。恢復他一貫的溫潤，我便放心得寸進尺，「擇日不如撞日，就今天吧。」

然而，最後這頓晚飯還是沒有吃成。

徐尉季被宿舍同層樓的室友突然聯絡，要召開緊急會議，為了因應管理員新下的公告規定。拎著大包小包，連後背包塞得一眼能看出沉重，第二次站在月台目送徐尉季，離別的情緒反而沒有第一次濃烈。

估計是深切有感，我們不會相忘於江湖。

這樣一趟陌生彼此開始的旅行，多像是一場網遊的相識，存在著些許不現實，往往結束於漸去漸遠。

舒樺倒是對我與徐尉季的相處感到驚奇。

回到房間，入眼之處是將近一百七十公分的女生蜷著身體蹲在門口，我微愣，輕輕去推她的肩膀。

「哦，旻旻，妳可回來啦？我蹲得腳都麻了，妳拉我一把，輕輕的。」

「妳幹麼呀？」我哭笑不得。壓在心口一點點分別失落被沖散許多。

「我午睡剛醒，想說要來妳這裡蹭蹭飯，順便更新一下妳跟那個旅伴的消息，回來的幾天都沒有時間來找妳。」

解了鎖，一面將她拽進門，走廊空氣冷。「妳論文寫完了？」

她點點頭，就算剛睡醒，還是一副沒有睡飽的模樣。

我失笑，「一起床就來我這裡找吃的，而且還挑對時間，我買了羊肉炒飯，可以一起吃。」

「真好。」她雙眼立刻點亮，攀著我的手，「不對，妳下次也要帶我去，不然妳回國後，沒人幫我帶飯，我找不到那家店，沒有家鄉味可以解饞。」

舒樺捧著碗，美孜孜笑著，死而無憾的神情讓人不忍直視。

「所以妳和那個男生怎麼樣？有沒有戲？」

手一頓，眼光溢出無奈，「……說什麼呀？」

「說認真的，我說妳找一個德國帥哥吧，妳說不切實際，現在來了一個台灣人，總不能又找藉口往外推。」

「小姊姊，妳這麼推崇德國人，怎麼不自己換一個？」

「我是很想，但是，我男人只准我當成偶像欣賞。」她看向遠方，口吻十足的遺憾。

我嗤笑，想起她當時說的話。「精神性出軌是吧。」

「不對，不對，不是在說妳的事情嗎！不能偷偷轉移話題！」

不論我如何嘗試不著痕跡偏開話題，總是會被舒樺逮回來。來回幾次，我擱下碗，仰面躺進角落的單人沙發，自暴自棄抬手擋住白熾的日光燈。

手背擋在眼睛前面，擋開情緒的洩漏。

「小姊姊，我一直沒說，我不可能接受另一段感情，至少現在不行。」

「為什——」

「我出國當天才跟前男友分手。」

不願意跟許毅一樣無縫接軌是一回事，更重要是我的狀態無法承接。

對於徐尉季，止於在意，我已經裹足不前。

害怕不夠好的自己，沒辦法配得起他的好。

♥

自從那天的坦白，我說了更多一些壓抑在胸口的鬱悶與厭煩。

我從來就不是以德報怨的天使個性，也許看來冷淡理智，但是，我也會有不堪的、惡意、記恨的一面。

我承認，我見不慣許毅春風滿面，噁心他以光速有新的交往對象。

即便在出國的前一個禮拜，我與他已經醞釀著一觸即發的衝突，然而，他的生日是在倒數兩日，我是從家裡出發，當學期的交換生不需要回學校開學，我請Jack轉交準備給他的生日禮物。

儘管走到有可能分開的岔路口，我仍然覺得這份感情值得、他過去對我的付出值得一份好的禮物，有他的期待、有我的真心。提分手的那刻，我對他是極致失望的，可是殘存的喜歡還在時光裡浮浮，我並沒有後悔送他新款的拍立得。

我一直不願意去細想，去認真計較這些近乎平行的時間內他到底做了什麼、到底在做什麼，腦中卻抹不去被劈腿這幾個字。

他是怎麼做到這麼噁心的雙面行為？

一面溫言婉語的向我道歉、好聲好氣的說著他會改，另一面卻是如何跟學妹相處，可以到轉身換一份愛情。

「你們當時在吵架，他在別人身上找到他要的安慰和自信，很不意外的，但是明明有馬上投入另一段感情的想法，還要裝作情聖的表現不捨，真是賤到骨頭裡去。」

小姊姊的形容向來犀利，當時當刻，我卻笑不出來。

擰著眉，覺得頭很痛。「好噁，我只要想到他一邊跟我說他對我多認真、多想跟我走到以後，其實一邊跟學妹曖昧，我就全身不舒服。」

「正常，正常，小可愛妳的這些情緒都是人之常情，妳不要太苛責自己就壓著，拚命自責自己不夠豁達。」她握住我的手，驚覺我的手指是沁涼的，眼神流露心疼。「小可愛，這麼難過的事虧妳藏這麼久、藏這麼好。」

我搖搖頭，迷濛的目光透出傷色。「我不難過，我很生氣，氣他，也氣自己，眼睛怎麼這麼瞎，浪費過時間在他身上，現在還繼續浪費心情給他。」

歸因再多理由，總是逃不開一個，不甘心他的生活順遂得意。跟我有什麼關係，這句話是我經常說的，此刻卻是人生第一次覺得確實做到如此困難。

我也想趕快放下啊。

好多時日在指尖轉忽而過，我有點明白，釋懷是不能努力的，愈嘗試愈牢刻，負面的思緒壓得我喘不過氣。

我忽然害怕回到我與許毅曾經相識相伴的城市，我能逃開你，卻尚不能放棄整座城市，這個我仍要完成學業的城市，滿城都有我們的回憶，不論好壞。

儘管再怎麼討厭，也會在一些枝微末節的生活，成為片段、成為插曲的來到意識裡，閃躲不開。一開始，我是想趕緊回去的，急切割捨斬斷我與許毅之間不可忽視的牽扯，沉澱多日，我卻是越來越矛盾。

「我知道要看開是很需要時間的，妳不舒服的時候，隨時可以來找我，我們一起出去走走，一起聊聊，面對總比壓抑逃避好，是吧。」

「……嗯。」我忍不住哽咽了。

只是這一聲答應，一點靈魂也沒有。

我知道的，我不會找她。因為我的自尊心不允許我一再昭告世界似的說，我仍介意。就算是希望他不好的惡意，依舊是一種程度的在意。

所以，現在這種狀態的我，這樣心裡有一半是壞掉的我，如何說服與寬容自己去牽起另一個人的手，我捨不得，捨不得讓那樣好的人承接我的不堪。

徐尉季值得更好更完整的。

就這麼停在好感與在意就好，就這麼我付出、我用我的方式對他好就好。

他不用明白什麼、不用回報什麼，不用也分享和承受我的情緒。

有朝一日，如果徐尉季遇上其他好的女孩，如果徐尉季交了女朋友，我也可以剛剛好死心了啊。

我不需要誰來告訴我，他很好或他可以試試，我不喜歡的是自己，更不用說去喜歡其他人。

最多只能到在意。

有些路，有些日子，偶爾陰雨偶爾傾盆大雨，因為還必須向前，為了心無旁騖地向前，儘管哭了一路，儘管困難，強顏歡笑也要努力放晴。

開學的倒數四天，其中三天我跟徐尉季跑去德國南方溜達，似乎越往南，一種錯覺似的比較溫暖讓心情好起來。

曬著不灼燙的恰好陽光，整個人都懶洋洋的，渾身骨頭都懶散，並肩在不熱鬧的街頭走著，沒多久便想席地而座，認真體會初冬溫陽的傾洩。

老是被徐尉季兇殘的拖著走。

這個在德國邊境的小鎮，緊鄰著奧地利，歐洲陸地廣闊的事實至今仍然會感到新奇，隨便搭車晃著就到別的國家。

我們正從往返國王湖的游船上岸，十一月冷冬便會關閉這個景色，只能到中途就必須折返，我們趁著天氣適合的時候趕著行程先來。

「好好走路，姚旻。」

我立刻挺直腰桿，但是，不多時又在徐尉季不注意下駝著背，走得歪歪扭扭。

於是，他也不厭其煩的叨擾，瞇起眼睛，盯著我恢復良好站姿才收回視線。好吧，他肯定沒有不厭其煩，大概想拍死我。

我只好遞水給他，讓他解解渴、消消氣。約莫是狗腿的討好眼神特別想眼饞的傻氣小柴，他手指壓壓太陽穴，很事無奈，卻不再抓著這點不放。

意思意思說了我一句，「走直線這麼難嗎？妳的小腦呢？」

「我跟小腦感情不好了，它不聽我的使喚，不能怪我。」

「可以，繼續說，姚旻。」

「……我錯了。」

在徐尉季身邊待著，見好就收、見風轉舵，應該是我最熟能生巧的技能了。

我難得一見的幽默在他面前似乎格外活絡，他開心就好啊。我是這麼想的，也是一直這麼努力的。

我跳了跳，掂了掂肩上的雙肩式背包。「這種時候呢，最需要一個懶人骨頭的那種超舒服沙發，我隨便在路邊就可以曬日光，還有自然風。」

「不用懶人骨頭，妳自己身上就有兩百零六根，夠多了。」

「……好的。」

登時被他生理醫學知識噎得無話可說。

「你說你是念工科的，所以實際上到底是念什麼？科系呀。」

「航空工程的。」

「哎，酷，很少聽見念這個的，至少我朋友裡你是第一個。」雙眼亮了亮，充滿好奇。我眨眨眼，「難怪你念念不忘無人機，那是你研究的專業嗎？」

「嗯，算是其中一個研究。」

「那你之後會繼續走這類的研究嗎？」

聽起來很艱深，我一知半解，甚至知道的連皮毛都算不上，航空太空工程究竟需要修什麼樣類型的課程我毫無概念。

總不能現在低頭查，只好挑了直接明確的問題，雖然反而更難回答。

「還不確定，看提交的計畫審得怎麼樣，在歐洲念書還是會產生滿多想法的，不然，這陣子覺得去考機師也不錯。」

「哎？機師？」我愣愣打量他，接口，「唔，可見視力不錯，還可以有一群空姐環繞。」

毫無疑問招到他的攻擊，重重一下彈在額際，我嗷嗷摀住，露出委屈的表情，我哪裡說錯，他這樣獨裁宰制我的言論自由。

目光觸及他警告的示意，二話不說端上討巧的乖覺微笑，擠出小小梨渦招搖。

「我是說，就算空姐環繞，你一定也可以穩住節操，坐懷不亂，時時刻刻記得家裡等待你的嬌妻。」

「嬌妻？」

我大大點頭，奇怪看他一眼，「難道你是不婚主義？總不能一直單身下去吧。」

徐尉季深邃的眼眸像是夏夜星空的剪裁，鑲著點點碎光，特別好看，也特別不真實，我抿了唇，克制嘴角的弧度。

因為他的一舉一動就心花怒放這個反應必須改，簡直跟迷妹沒什麼兩樣。

他不作聲，我眨眨眼，再眨了一下。

「你真的不結婚？還是，還是其實你是彎的？」小心翼翼覷著他，靈光一閃，是嘛，十個帥哥可能只有兩個是直男。

他失笑，推了我額頭，又動手動腳。「亂想什麼，妳精神渙散了。」

「講得很像殭屍，你才渙散，幹麼只笑不說話，這不是很嚴肅的事嗎？不能笑。」

「我只是對嬌妻這個形容詞存疑，妳的想像已經繞宇宙一圈。」

「過獎、過獎。」我撓撓後腦，扁了嘴，「話不說快點，也不說清楚，我只好亂槍打鳥的猜呀。」

「那妳之後呢？繼續讀研嗎？」

他自然的轉開逼近死胡同的話題，接續先前的生涯規劃，或許到了這個人生岔路，這是我們這年紀最有共鳴的討論。

我將眼光看遠，聲音放輕，「應該不會吧，我們這種語言科系的，不用那麼高的學歷，檢定證書有比較重要，找份翻譯或口譯工作，研究所老一點再說。」

「老一點？」

「三十而立的年紀吧，大概。」他抓了語病同我開玩笑，我也樂得故作苦惱。突然，我想起額外的事。「你二外是英文，三外是什麼？不會真的捷克語？」

怎麼說也生活超過一年。

「沒有，我三外是德文，在台灣時學的，後來到這邊才學一些捷克語，除了一些黏糊糊的音不好發，滿多跟德文西文有點關係的，不難學。」

難怪能毅然到德國交換，原來根本是德文學霸。我歪著頭，也是，記得他連手機語言設定都是德文，本來以為他是入境隨俗與練習而已。

我退後一步，仔仔細細全身從頭到尾從新審視他，這人越認識越完美，很危險。

「徐尉季你老實說，你德文檢定幾級？」我沉痛摸著胸口，頷首，「你放心說吧，我承受得住的。」

揚起的唇瓣因為我的反應始終沒有落下，他刻意深深凝視我一眼，不緊不慢道：「C1。」

……我無語瞅著天空，澈底石化，風蕭蕭，捲起枯黃落葉掀起一陣壯士淒涼。

「你一個工科男子德文比我這個本科生好，合理嗎！還笑！這是超級超級嚴肅的問題，不准笑。」

於是，徐尉季認命每天給我說一些《小王子》的故事。

深夜睡前的幾分鐘，帶有磁性的，像大提琴深沉的低喃；初醒的時候，啞啞的，像是海邊浪花撫過的細軟白沙；晚餐後的饜足時刻，暖暖的，沈穩的，慵懶的。

原來我不只是外語控，還是實打的聲控，還非常莫名其妙只無法抵抗徐尉季而已。

都要懷疑是中蠱了，撫額。

但是，我輕輕拂過《小王子》的書封面，這本書終究會被讀完，我與徐尉季緊緊相扣的牽扯終究會有結束的一天，我也會去設想，如果他將書讀完的那天該要怎麼辦，是要死皮賴臉的央求他繼續，或是，順其自然的到此為止。

我們的關係要怎麼維繫我一點想法也沒有。

要跟朋友一樣，卻難以跟朋友真正一樣，我們身處不同的生活圈，我們相識時間也不是能以年能計算，閒來無事的聯絡或笑鬧深怕會成為一種打擾。

或是一句藏在敷衍的回覆後面的「跟我有什麼關係」。

越是在意，越是不自覺放大檢視他的反應他的言笑。

每回要興起另一個話題，我都感覺比上台報告要緊張難安，冰冷的對話框頁面比不上老師和藹的鼓勵微笑。

「徐尉季你下課了？」

接續前一個回覆，他傳來他課堂黑板的慘況，密密麻麻的英文公式，數字滿天飛舞，當時忙著抄錄筆記，我抿著唇忍笑，回傳「愛莫能助」。

自從高中畢業後，我跟數學就漸去漸遠，原本在升學壓力下還勉強拽個貌合神離。

「嗯，下課沒多久，在Mensa吃午餐。」

「我吃了早餐還沒消化完正要搭公車回宿舍心理建設。」

「心理建設什麼？」

「晚上是第一堂德文課，小姊姊沒有跟我一起升級，我要孤軍奮戰，很緊張。」

「妳學長學姐也沒有嗎？」

「沒有，他們都不是本科的。」沒忍住，多說幾句，「如果他們非本科還跟我同一等級，是我該哭吧，對不起教授推薦我出來。」

徐尉季難得發來笑到哭的貼圖。大膽猜測他是沒空好好打字，等了幾分鐘，他才又補述的發來文字。

「嗯，我們姚旻本來就比人優秀。」

我們姚旻。

四個字落入視野，頓時，僵了手指，一動不動，目光頃刻凝住。在他心裡也許不過是無關風月的鼓舞，卻給我滿滿的甜膩，儘管混雜著心慌。

「有不會的可以問我。」

幸好是文字，一點也不會洩漏我的悸動，我佯裝輕鬆的口吻，乍看清澈的灑脫。「當然，徐老師，你還要幫我矯正發音，課本的文章都要交給你。」

「那我什麼時候退休？」

「如果我有遇到一樣一口漂亮標準德文的新同學。」

最好有能跟徐尉季較勁的好嗓音。

隨口說起的玩笑，徐尉季似乎當真，半晌，終於接到他的回覆。似笑非笑、似真誠似胡鬧，我竟然一時個也分辨不出。

「任務艱難，但是我接了，別讓我失業，也為了不讓妳去找備胎來禍害。」

咬了下唇，我摸著後腦勺，確實困惑，這樣若有似無的親近並沒有讓我像情竇初開的小女生一樣小鹿亂撞，反而，湧起更深一層的無措。

大概全世界人加起來都沒有我糾結。不論徐尉季對我有好感沒有好感，都讓人難安，任何一種猜測也無非是自亂陣腳。

我將螢幕轉向，放進舒樺的視界。

「哦？你們這進展還不錯。」

「什麼意思？」

她露出恨鐵不成鋼的表情。「妳是當局者迷啊，在我這個旁觀者看來呢，他是不希望自己被誰取代，也是要藉著不斷的訊息，綁牢你們的關係。」

「妳這個旁觀者才不清，妳有預先期望在干擾。」我嘟囔。

一時間倒也不明白自己為什麼要像舒樺確認，不明白到底是希望他是如她所言多一些，或是希望他只是信手拈來的客套善意和輕率玩笑。

「反正我看來是這樣。」她將手機推回我手心，輕哼。「那妳要怎麼回？」

「回他……無薪工作？」

「除非妳薪是打愛心的心，不能別說廢話行嗎？」

「……行。」

在舒樺犀利的眼光盯視下，我默默按下一張遵命的貼圖，她無語的瞅著我，心感到疲累，撇過頭逕自看窗外風景。

一般來說我是會只發送貼圖，因為那像是一個話題的結束，帶著禮貌或共識般的距離，我很常搭配表情符號，卻不常對他使用貼圖，即便有些情境有貼切生動的貼圖可以表意。

我努努嘴，唇角洩漏了愉快。「他睡前還要念《小王子》，不怕聊天斷掉的。」

徐尉季依然在差不多的時間傳訊息來。

但是，這次不是語音，而是一句問話。

「能打電話嗎？」

我被這直球丟得有點凌亂，面對螢幕，深深呼吸，眼光溢出掙扎，講電話呀，需要即時的對答，我猶豫了，這樣就沒有讓我思考的時距，擔心自己沒辦法好好說話相處。

幾天沒有見面，已經有這份堂皇。網路上的聊天總是跟實際對談不一樣。

「可以，怎麼了嗎？」

問號剛落下，並發送，語音通話立刻進來，我手忙腳亂接起。

「喂？」

「嗯。」

「……幹麼突然要打電話？」

他的聲息沒有波瀾，與先前的每一則語音如出一徹，「唸故事時間到。」

軟軟的笑意漫溢嗓音，染遍空氣，彷彿不分距離。

我笑了出來，他說出我曾經說過的話，「別笑，這是很嚴肅的事。」

「好，不笑啦，你說吧，我配著奶茶好好聽。」

事後，我都會去查詢英譯版本來看。

其中我紀錄下分外感觸的句子，摸著字跡，在胸口的沉重不免壓過相處的溫暖，斂下眼，許久，望著玻璃因為室內的暖氣對比外在的涼寒，起了霧，靜靜發怔。

——一個人如果想要和另一個人製造羈絆，就必須承擔流淚的風險。

第三章

「有的人之所以可貴，就在於他已經把妳看透，卻不會離開妳，他知道妳的糟糕，但更明白妳的好。」

——三樣野

患得患失。

這個詞說來有些彆扭，有些青澀，有些讓人心口浮躁不安。

♥

學習的日子早已經上了軌道，起初便將課程集中，因此每星期都能空出連續的四天可以出走其他城市，甚至國家。

徐尉季畢竟是碩士學位，比我要忙碌得多，時間總是搭不上，但是，我們一星期還是會見上一面，一起到法蘭克福的亞洲超市，或是隨意走走週末的小市集。

不明白出於何種心情與原因，我習慣跟徐尉季說起旅行的計畫，決定去哪裡，以及，打算跟誰去。

認真回憶，似乎一次他冷靜問起，我自然而然回答，他總能在行前又打出至少五百字的注意事項、貼出至少三則相關的文章分享給我，我們絕口不提這份厚重的關心。

「妳這次波蘭跟學長去？」

他剛下了課，我正好捕捉到他已讀的瞬間，下一秒便接到他的電話，忙丟下大剌剌打開的行李，滑下接聽，仰面躺回床上，舒舒服服講電話。

我不自覺點頭，「對啊，東歐國家雖然很多都認真發展成觀光，但是還是有點危險吧，學長剛好也有興趣，就決定一起去啦。」

「學姐呢？也跟著嗎？」沉沉的嗓音沒有絲毫不對勁，但是，我卻莫名泛起一絲緊張，驀地意識到什麼。

只有我跟學長一起。

雖然不是像跟徐尉季在義大利那樣，因緣際會能住上乘的套房，平白增添曖昧，這次，跟學長不像之前三人的出遊，各自預定男女分開的青年旅社，而是，我跟學長一起租借了在波蘭交換的台灣學生的住宿，有便宜的價格、便利的交通和舒適的環境。

確認的當下並沒有想太多，只記得在意租借方可靠不可靠，爬文搜尋經驗，發現不少人這樣借住同為交換生的住處。

性別，我倒是忘了考慮。敲敲腦袋，我晚點還要跟媽媽和姚栲報備，如果說義大利是逼不得已，學長這要怎麼計算……

不過，不管如何權衡，隱隱有股感覺，不會比現在的情況棘手。媽媽至少會認為學長是同間學校認識的人，然而可見，徐尉季顯然是放在孤男寡女。

我忽然不知道該怎麼解釋才不會讓自己淪為自作多情，其實他一點也沒有在意，可是也不願意他誤會。

「對、對啊，學姐跟朋友約去西班牙。」

「你們不能約下禮拜嗎？錯開學姐不能的時間。」

我有點委屈，卻也是實話實說，「查過，只是那時候票價貴，學姐是去找很要好的朋友，我們也不好跟去，太尷尬，我也不想因為出去玩請假，西班牙需要玩比較多天。」

「……嗯。」

「徐尉季你……」我住口，老實說，我真的不知道必須，甚至是還能說什麼。

挺怕他說一句祝我幸福。

吃醋這個詞，我是覺得不真實的，不適合出現在姚旻與徐尉季之間。

有些在意得到了會感到無所適從，有些溫暖遠離了會感到悵然若失，怎麼樣都不自在、不習慣。

「如果我是說不行，妳會怎麼樣？」

「我會問你是不是認真的。」

「如果是呢？」

如果是。

如果是，我有八成的機會會偷偷取消這個旅行，不讓你知道。不想讓你知道你足夠影響我的決定。

但是，不去除如果的問題，難以作數。

「如果是，我會說，我不回答假設性的問題。」

因為你是徐尉季，你不適合，也不像會這種問題的人。

嚴肅低迷的氣氛突然被他的笑聲劃破，沒了剛剛明顯的複雜情緒，確確實實能聽出輕鬆，我一愣。

「果然是姚旻。」

「哎？」

「嘴上一點也不吃虧。」他語帶嘆息，我聽不出那意味著什麼。他溫聲接續道：「去吧，兩個人去總比一個人去好，妳一個女生怎麼說都太危險。」

「你就不怕學長是壞人？」

「所以說是比較，多振作精神，手機錢包都要帶好收好，能求救，也不要小氣，能用錢解決的都是小事，好好照顧妳那條可憐的小命。」

聽我還嬉皮笑臉，徐尉季無奈的語氣用了些力，強調他的認真。「姚旻，不要得寸進尺。」

我眨眨眼，「什麼是得寸進尺？像是問，跟誰出去不用擔心嗎？」

醇厚的嗓音慢慢在空氣中，隔著幾公里距離，卻有溫熱的錯覺，我摸了臉，替自己後悔嘴巴比腦子快。

「妳知道嗎？姚旻，讀理工科的都會強求一個正解，我們不要你們見仁見智的文本分析。」

我發出一個困惑的鼻音。

他的嗓音澈底隱去冷硬，從容輕盈，腦中無端竄出他淺淺莞爾的模樣。

「所以我不會說看情況，我會說，跟我出去的時候。」

「那跟你出去要帶什麼？」

「帶腦子就好。」

我奇怪，「這是要小心你的意思嗎？」
「不是，是怕妳智商跟不上我說話。」
……這人是不是太睚眥必報啦。

十月結束於熟識新人際的建立，十一月開始於瑣碎的德語考試和小組文學討論，課業充實但可以負擔，點綴在這樣時日裡的不外乎是旅行。

離開家的生活都會變得務實又俗氣，總是會特別斤斤計較。但是，每一次的衡量，不論時間或金錢，我老是對徐尉季偏心。到Rüdesheim這個傾洩冬日陽光的小鎮，參訪了聞名的葡萄園，我也不忘扛一份當作禮物給徐尉季，酒瓶上還刻了字。他的生日，以及，徐徐。

去了哪，沒有他，卻時時刻刻惦記著，克制不了，就算沒有買到合意的名產，也會手寫明信片寄到他的宿舍。

輾轉流浪許多國家，也許身邊沒有會讓我安心溫暖的徐尉季，也許站在陌生的火車月台會突然感到心慌，也許預定車票、走出宿舍偶爾的剎那會感到焦慮，我的心理狀態時好時壞，但是，壓著那些紊亂的思緒，我看似若無其實的面對。

面對每次新的相遇、面對每回熟悉的問候，還有，面對所有不如預期、無法預料的意外，我用了很多力氣，讓一切在別人眼裡雲淡風輕，因此，朋友們都能輕描淡寫一句「妳真勇敢」、「好羡慕妳去很多地方」。

老實說，每一步都在顛簸。

我不知道我怎麼了。其實，我好不想出遠門、好不想唸書，曾經好喜歡的事情卻失去熱情，這些異常，我不敢表現出來。唯有在走向徐尉季的路途我可以一步一步越走越輕快。

只有在徐尉季身邊，我能得到一點喘息。他理解我需要什麼樣的安慰、需要什麼樣的理性，他會替我冷靜和替我分析，站在我的角度和我的思考，也考慮我的個性，就算最終我還是逃避，他仍舊會支持我的決定。

願意將時間耗費給他。圖書館裡對坐著各自忙碌也沒有關係，他不用說話，寬慰都是多餘的，他在，對我來說，就是一種安慰。

徐尉季隱隱知道我的狀況。用心拉著我前進。我拖延著不找教授討論的論文題目都是他再三催促才達成，他也不遺餘力在圖書館幫我找英文原文資料。

抱著厚重的書，淚眼朦朧將他的背影的晃霧了，他這麼辛苦幫我，我也想要振作起來，想要不繼續懶散。

「姚旻，不要太責備自己，人都需要休息，妳也是。」

前一刻分開，坐上歸返宿舍的慢車，立刻接到徐尉季的電話。

「我什麼事都沒有做，擺著《偷書賊》一頁都沒有看，明明選了以前看過的文本，應該要很快再複習一次的，可是我一直分心，不知道自己在幹麼。」

「聽過橡皮筋理論嗎？妳現在疲乏，給自己時間復原，這是妳應得的。」

「可是這樣、這樣一點也不像我，就算沒有耽誤到作業……」

哽咽住，我皺著鼻子不作聲，都不恥形容自己的狀態。季節性憂鬱，這個詞不停在我腦中閃現，隔著冰涼的車窗放遠視線，綿綿的細雨密集得像是罩住整個城市，透不進一絲明亮。

徐尉季沉穩的聲息鄭重，語帶長長的嘆息，「姚旻，在那些權衡過的決定，妳卻忘了將自己照顧好、一次次都在勉強。」

眼底不受控制泛起淚意，雙唇微顫，我輕輕咬了，感受到臉上浮起溫熱的濕潤，原來在他眼裡的我是這樣。

原來徐尉季能看出姚旻的逞強。

他的嗓音像是自深海湧起，分外沁涼，揭露了難堪的真實，我無所遁形，光鮮亮麗的外表下十足狼狽。

文本分析被讚揚、模擬歐盟辯論議題得到高分，德文課的口說也經常被點名朗讀，乍看意氣風發的明媚，心裡卻是在陰雨的冬季一點一點鏽掉。

「徐尉季，為什麼……我不想這樣下去……」

不想要變得冷漠，不想要覺得世界無趣，只有在想起徐尉季時輕鬆，只有在聽見許毅的消息時噁心又生氣。

「姚旻，不要哭。」

聞言，下意識抹掉眼淚，吸吸鼻子，他沒見過我哭，倒是聽過很多次，如果不是還能聽見他的呼吸，都要誤會他受不了我哭哭啼啼掛電話。

十一月像是一個分界。

歐洲進入很長的雨季，陰冷陰冷，難得的放晴都會讓人欣喜許久。

於我，也是一種分界，我的意志變得搖搖欲墜，明明有好多眼淚，卻彷彿積在心底發脹，兩行無聲的淚一點都不能抒發。

「妳努力了這麼久，休息和怠惰是妳可以寬容自己的。」

溫柔的聲息有纏綿繾綣的意味，清楚聽見他的真誠。

「姚旻，什麼都可以說給我聽。」

彷彿繃得很久很久神經，應聲斷裂，悄聲。全被磅礡的心痛掩蓋。

你願意撿拾我的心碎，我卻怕稜角輕易將你劃傷。

那些我藏得很牢固的心事，你的聲息過境，讓它們呼之欲出。

我從來沒有設想過，因此，現在還是有點炫目，難得露出毫無疑問的呆滯。

從來沒有想過徐尉季和Jack可以一拍即合，有時候我還只能咬著薯條插不進話題，徐尉季會側目望著我幽怨的目光，默默將他的那一份薯條推給我。

誰要他的薯條呀。

說點我感興趣的內容呀可惡。他們可以從音樂聊到經濟，再聊到教育，什麼都能扯扯，像是沒有邊際，交集不到的大約只有徐尉季不擅長的歷史，以及Jack沒有涉獵的藝術設計。

開著視訊通話，手機非常耗電，甚至早已因為拉長的時間發燙，我接上充電器，懶懶側身趴在公共餐廳內沙發的扶手。

下午文學課程結束，我踩著凝著一塊塊的長街散步回住處，溫度已經足夠低，卻濕氣不足，徐尉季說初雪可以開始期待，摸著我的頭，勾起他一貫的溫和微笑。

一副比我還了解德國的自信樣子，這彷彿哪裡錯位。

才剛進房間，脫下的外套還沒來得及掛上衣架，Jack的語音電話便滋滋響起，我連忙左支右絀的接起，歪著脖子繼續未完的動作，很強迫的維持著房間井然有序。

他替我更新了社團的資訊，偶爾聊起幾個共同好友的八卦，也會天外飛來一筆最近看到的新聞或是課堂學到的小知識，不可避免的，許毅這個人依舊會見縫插針似的出現在話題。

讓人措手不及，卻要盡力表現得雲淡風輕，我不是對他在意得不行，只是難以啟齒的，怨懟他順風順水的生活。

「他那個叫做粉飾太平，就跟會泡沫化的經濟一樣，會先爬高，然後再化為烏有。」

我哭笑不得，能用這麼有深度的形容來嘲諷也只有他了。老是會搞不清他到底法律系還是經濟系。

「算了，我知道就是我小心眼，見不得他好。」

「妳就當成傻人傻福吧，我們這種高標準要求的人生目標他攀不上。」我沉默不語，他知道我過不了的是自己的坎，再多好聽有理的寬慰與調侃都沒有用。他嘆氣，「姚旻，妳要自己看開，跌倒了也不能賴著地上不走。」

「……我起來啦。」

「但是妳在自責自己怎麼那麼蠢，其實路上有坑洞，妳要去政府報修。」

我失聲，抿了唇，那現在的我能跟誰喊冤枉。是我自己眼睛喜歡上那麼糟糕的人。一段關係走成這樣我也該負起一些責任。

我也會因為這些曾經的盲目變得綁手綁腳，變得自我懷疑，陽光的最新在陰暗的一面崩塌碎裂開，悄聲無息，且沒有人會注意到，只有我自己死死苦撐。

「姚旻，妳知道報修之後會如何？」

「修路？」

「對一半，是等待修路。」我噎了噎，他接著說：「所以給自己多一點時間，妳的心情需要時間復原。」

深深呼吸，吐出一口長長的濁氣，氤氳在室內暖空氣裡的鬱卒，總有不負眾望消散的時候，我能一次次更盡力。

坐到電腦前，正好收到徐尉季的訊息，嚇得我瞳孔驀地放大，大大咳了咳，一顆心臟怦怦要從喉嚨跳出來。

電話一頭的人立刻做了反應，「幹麼？中邪啊？」

他果然還是不知道什麼叫作愛與關懷，一如往常。

「徐、徐尉季來找我。」

「在哪？妳現在要準備出門的意思？」

「不，不是，他說、他說他現在在樓下啊啊啊。」抓了抓頭髮，我有點風中凌亂，不對，應該要即時抓了梳子來整理頭髮。

這時，Jack語出驚人了。「帶他上來啊，你們不是家庭式的嗎？帶他到客廳啊，一起視訊，我可以跟他聊天。」

如此如此，這般這般，於是，演變成現在這樣。

他們倆也不顧我當事人的玻璃心，毫不避諱偶爾觸及敏感的前男友話題。我捧著徐尉季泡開的奶茶小口小口喝，淌進體內，暖融融的。我眼觀鼻，鼻觀心，故做事不關己的發呆。

靠得距離暖器近，膨脹在空氣中的暖風將我烘得昏昏欲睡，我抱著暖手枕，蜷起身子，裹成蛹一般的歪歪斜斜縮進沙發角落。我的動靜引來徐尉季一瞬的關注，眼神示意我拉好毛毯。

一瞬間絲毫沒有反應過來這樣的互動如何親暱熟稔。

約莫是注意到對岸少了一道聲音，Jack終於問：「她是睡著了嗎？不然怎麼都不說話了？」

我闔著眼假寐，思緒有些飄，打定主意裝死。

「嗯，眼睛閉著。」

「那就是睡死啦，之前聽許毅說過，她累了很容易睡著，而且是熟睡得跟豬沒兩樣。」

「我知道，但是早上容易醒。」沉沉嗓音低了幾分，似乎還是顧忌我。「其實給她聽見也無所謂，越是故意迴避，反而讓她覺得我們認為她依舊放不下。」

確實，我帶著稜角的要強，徐尉季清楚得很。

他始終不會去戳破偽裝的堅強，縱容我在陰影下休息。

Jack嘆道，「不枉費她在意你，你是真的理解她。」

心一點一點沉下去，在意，兩個字，會有太多的歧異，動搖了一瞬，最後，仍然選擇不動聲色，蹭了蹭毛毯，掩飾驚動。

不要說破我對徐尉季逐漸深刻的依賴，我們就可以恣意的相處，任何一點可能造就尷尬的危險的必須掐息。

我們就停在這裡不好嗎。

「渣男不算正常內，分手的人都會反思自己，姚旻自尊心比誰都強，因此更會鑽牛角尖，理智上再明白很多問題不該歸咎於她，她依然會算上是自己眼瞎，她沒辦法饒過自己。」

徐尉季沒有接話，剩下Jack的獨語。

「她討厭過去的那段時間自己，連帶現在的自己一起討厭了，她最近情緒不好，遠水救不了近火，只能麻煩你照顧。」

「……你不用感到是麻煩誰。」

「啊？」

「她不是你的責任。」一句話說得又狠又俐落，撇得極清。清冷的聲息卻藏著絲絲縷縷的溫情，「我一直都知道自己在做什麼，為什麼做。」

在我來不及痊癒的時候，還在自我厭惡的低谷來回擺盪，另一場巨大的噩耗來得措手不及。在我心裡開始一場沒有盡頭的雨季。

二零一七年霎時間變成我想塵封刪除的年份，十二月的聖誕月份洋溢著幸福溫暖的氛圍，我卻只感覺透寒的森冷自腳底開始蔓延，整顆跳動薄弱的心臟似乎快要結冰。

交出兩份的作業，德語課拿下口說第二高分，準備迎接期待許久的聖誕長假，交換生並不是特別熱衷放假，畢竟課程不多，除去適應與重新開始的社交，日子已經沒有比在國內學校繁忙。

十七號正巧遇上便宜的車價，我立刻腦袋一熱，訂了往Dresden的票。報備給我媽和徐尉季都是後來的事，我媽與姚栲已經司空見慣，再三叨擾幾句也只能放行，與我身在同一個國家的徐尉季便不一樣。

「妳什麼時候出發？訂的是快車嗎？」

「天還沒亮就搭車，那個時候剛好便宜，怎麼了嗎？」

「如果妳是訂慢車，就可以換成下午的票，我可以跟妳一起去。」

話已至此，他溫和卻苦惱的嗓音拂過耳邊，將又得一個人旅行的寂寞不安牢牢包覆，我抿了唇，打從心裡渴望他可以跟我一起去。

我不能為他浪費錢改車票，不單是經濟因素，更是我不能做讓他負擔的決定，他不會樂意，我們的理智和我們的成熟是相同頻率，並不將這個看作一種浪漫。

霸道總裁還是待在小說裡就好。

同樣，我也不樂意他為了我，或是單純為了旅遊，缺曠課業。

小姊姊舒樺說過我理智到有點涼薄，而且這份冷是對著自己。

我應該要可以再依賴和任性一點。也是因為我這樣的性子，前男友在我眼裡總是過分幼稚孩子氣，或許他的作為與反應才是真正二十一、二歲的大學男生該有的模樣。

我總是去想，去自我質疑，是不是我太過於強求。

我揚起聲息，隱藏呼之欲出的失落。「我就先去收集最古老的聖誕市集啦，你好好上課，我會寄紀念明信片給你的，有聖誕郵戳那種。」

「姚旻，妳是不是太得意了？」

「嘿嘿，有點。」我摸摸鼻子，「一個禮拜後我們就可以見面啦，這幾天我們可以再找時間討論行程。」

二十三號是我們各自的交換學校正式放聖誕假期的起始，徐尉季與我約好從荷蘭玩到英國，舒舒服服、不緊不慢的步調，恰好到倫敦跨年，一起揭開新一年的序幕。

「我會平安歸來的，徐尉季。」

「嗯，我知道。」

這樣的信任給我無比的滿足。

也許待他身邊有我貪戀的安全感，我也不願意折了羽翼，被照顧成廢物，徐尉季讓人動容的理解是，他捧住了我的驕傲與自尊心。

因為仍然停停走走於德國境內，熟悉的語言，近期偶爾冒出頭的沒道理的心慌並沒有太造成困擾。

走出中央車站，比預期中要晚，到青年旅舍扔了行李，立刻拽緊了隨身包，拔腿快步往聖誕市集奔馳，走得小腿肌緊繃，彷彿下一秒就要下跪了。

我一點都不想在德國大街上行大禮，趕緊在等候紅綠的時候抓緊時間放鬆，簡直分秒必爭。

終於趕上最後一梯次的教堂燈塔。

二點五歐元以及百層的階梯，兌換炫光燦爛的市集全景非常值得。籠罩的夜幕被滿街滿棚的燈光點亮，萬頭鑽動都洋溢著笑容喊歡騰，驅散了高處不勝寒的感受。

巨大的摩天輪造景緩慢轉動，聖誕樹筆直矗立著，人群流動，音樂也是行雲流水，這樣的愉快無法不被感染。

閃爍的眼光與底下一片暖光相互輝映，回首，與我同行的日本女生沒有停下快門鍵，與我相視一笑。

這樣的景，一個人確實孤獨。幸好旅舍的上鋪床位是友善的日本女生，年長我一歲，同樣是交換生。

依照約定，輕鬆混入市集的人潮，找到架高的紀念品小木屋，買下專屬二〇一七年的德勒斯登明信片，字跡寫得歪歪扭扭，手實在太凍了，有點神經失調，連自拍出來的笑容都十足傻氣。

徐尉季非要我傳給他看，這就是失言的後果，末了還必須被責備衣服穿少了。這人欺負我都是一套一套的。

滿意盯著限定的郵戳，唇邊陷下輕淺的梨渦，被虐過後依舊願意對他好，遇上徐尉季我估計是抖M……

德國的安全是我難得超過九點仍膽敢在街上閒晃的。沿街大大小小的市集，不是餓了覓食，全是因為嘴饞和天冷。

望著參天的聖誕樹，總有難以言喻的讚嘆在胸口膨脹。誰都有過這樣的幻想，過上一次歐洲真實的聖誕，國內的盜版完全被比下去。

「徐尉季，我躺到床上啦。」

「頭髮吹乾沒？」

「現在進行式，你真神。」

「妳是正要拿出吹風機，別否認，妳能改，豬都爬樹了。」

「……能不能戰鬥力不開到最大，夜深，我智力跟不上。」
徐尉季清潤的笑聲很好聽，連取笑都這麼讓人無法興起半絲反感。
他暖聲道：「早點睡，明天要再登塔一次。」
「你又知道我的打算了。」鬱悶，蛔蟲都沒有他稱職。
「威尼斯的夜景和晨光都執著了，沒道理這個會錯過。」
有時候會懷疑，是他看得太透徹，或是，不過是他過人的推理能力。
問在心裡的疑惑，卻不小心脫口而出。徐尉季輕輕淺淺笑起來，像是海風拂面，無法不起漣漪。
「我的理解很挑剔的，世界太大，我在意不來。」

♥

起了個大早，放心依賴我的照光機制。
與前一天的脫韁野馬似的奔馳截然不同，慢悠悠穿街走巷，悠閒欣賞老實說看膩的街景，幾個月時間，生活過得德國像是我另一個家鄉。
面對象同一個售票員，我們善意的搭上幾句話。我是今日第一個登塔的人，他說衷心祝福我。
Have a nice day。

簡單平實的祝福，卻沒有如期帶來我們嚮往的幸福，反而不過是一場暴風雪前的寧靜。

一路走來，我不曾真切認知到成長是充滿疼痛。但是，長大的我們，好像被迫接受，死亡是如此靠近，如此突如其來。

才下階梯的我，接到姐姐的語音電話。

她急促的聲音明顯壓抑著什麼，語尾綿延著我尚未明白的悲傷，她打斷我愉快的招呼，一句話便彷彿將我的心臟掐緊。

殘忍的收緊，再收緊。

那一刻，感覺心臟都停了。

「妳看到消息了嗎？臉書。」

「什麼？我在節省流量，還沒開……」

「何浚自殺了。」她輕易打斷我的自語。

何浚自殺了。

飛快而過的五個字將我砸得眼冒金星，一時間失了所有思緒。

十二月十四日，噩耗一拳悶聲砸在我胸口，我甚至無力還手。

何浚？哪個何浚……我知道的何浚有兩個、同音但是不同字……但是、但是，我有在追蹤消息的只有那一個。

只有那一個。

何浚是ZION團體的主唱，是我從國中時代就喜歡的。

握著手機的雙手都在顫抖，佔據視界密密麻麻的消息，以分鐘計算的在更新，所有人都在禱告祈求。

搶救他的生命，也是搶救我們許多粉絲的希望。

但是，兩個小時過去，漫長得像是兩個世紀，一盞璀璨星光的熄滅，坍下磅礴的心碎。

官方的消息輾碎世界粉絲的期盼。

因為站在道路中央被撞了一下，我才清醒一秒的退到路邊。冰涼的手不斷在手機上操作，切換著不同的程式，試圖找出任何一絲意外，或是任何一點僥倖。

十五分鐘過去卻全是徒勞無功。

痛失兩個字用得太精準。

渾渾噩噩走在街上，真該慶幸德國任何駕駛人都會禮讓行人。

半瞬的回神我已經在歸返的車上，眼前飛快掠過模糊的景色，鼻子強烈發酸難受，上揚的臉龐，都不能阻止悲傷落下。

隔壁座老爺爺不斷探究的視線讓人難堪，我轉向玻璃窗，倒映出自己通紅的雙眼，還有，潰堤的情緒和冷靜。

為什麼……

為什麼突然有那麼多人事，我握不緊。

我到底還剩下什麼……心底喧囂著失去。

眼淚掉得太恣意，我竟然拿它沒轍，控制不住。

所有感官似乎都慢了半拍的反應，淚霧中花費將近兩倍的時間才能把下一站的地名看清楚，聽覺視覺都鈍了，錯過了系統的最後廣播，火車出門早已關閉，上了監控的鎖。

緩緩加速的火車經過月台，過了站。

咬了唇，集中注意力，原來Giessen已經是前兩站。

痛覺不知不覺淹沒所有感受，張揚的凌駕在一切之上。

半晌，我大大呼吸，理智在周遭歡騰的氣氛中總算收攏，想起過去搭乘的經驗，確認這班次有停靠Marburg。

閉下眼睛，暈脹的腦袋顛簸的輕輕靠著玻璃，在意著其他乘客的目光，拚命要沉澱情緒，淚水卻越是不受我支配。倒是與後座觥籌交錯喝著啤酒的德國人形成強烈對比。

一股末世感深刻地湧上來。

我用力壓密耳機，想阻隔外界的快樂。

「對不起，都是我的錯。謝謝，都是多虧了你。」

左耳衝進的第一句歌詞，低啞的嗓音深深沉沉，意識到是誰的作詞作曲，意會到這是誰的聲音，絕無僅有，獨一無二，我摀住嘴，擋住嗚咽。

是啊，世上困難辛苦的人太多太多了。

現在渺小的一個我，連哭都不自由。

有人說，情話要靠在左耳說，因為是那樣接近心臟。所以，我戴著單邊耳機時習慣留下左耳，你的聲音貼近左胸口，夾帶著燒灼的熱度。

像是你從未離開。

可是事實上，我覺得世界都要塌了。

為什麼你不在了……

「有沒有一個空間，時間不會動，可以藏起來好好哭，有沒有一個世界，天色不會亮，可以躺下來睡好覺，

他們要你心無旁騖的走，他們說你要知足現在的幸福，

只要不斷說著沒事，全部都會變好的。只要再說一次撐下去，連痛苦都繼續著。」

十八歲出道的少年，從此成為半生不熟的大人，螢光幕面前的少年不曾休息，從此懸在搖搖欲墜的狀態。

原來，世界欠了你一句話。辛苦了，一直以來。

「徐尉季……」

聽出我濃重的哭音，沙啞的聲線像是哭啞了嗓子，其實只是哽著太多情緒，他立刻心神一凜，我的神經全繃在現實的悲傷，絲毫沒有力氣覺察他透露的焦急。

只反覆喊了他的名字，然後一味掉淚，吸著鼻子，委屈到不行。

「姚旻，我跟妳說過什麼？」

這是在考我嗎……

我都這麼難過還要考試……

可是他的聲線清冷如許，彷彿是打下一絲微光，我抽抽噎噎，試探性的開口，雖然根本不知道錯了會有什麼後果。

但是徐尉季認真起來很可怕。

「……說、說話完再哭？」

「嗯。」擠出一個深沉的喉音，像是按捺住些許情緒。

「你有沒有看到新聞……不對你沒有追星，可是你知不知道……就是……嗚嗚嗚……」我始終說不出口。

因為我還是不願意相信，不願意面對這個事實。

我仍然覺得像是一場夢。

好像，我眨眨眼，會被拍拍腦袋，然後聽見「姚旻，還沒睡醒嗎？在這裡胡亂做夢詛咒」。拜託，誰來告訴我，這個沒有你的世界，是一場巨大的玩笑。

為什麼一切恍恍忽忽，卻又有一個沉悶的重擊在胸口，提醒我是現實。疼痛都是那樣清晰。

跟自己約定好要喜歡到好久好久以後，要永遠永遠支持你的歌聲你的作曲，一瞬間卻全崩塌成回憶所有美好都蒙上傷色。

當我在歲月裡長大成為姐姐，卻再也等不到你在粉絲見面會這樣笑語。

相處的日子裡我偶爾也會強迫徐尉季聽我歡天喜地分享他們活動消息，也許不是很清楚，但是團名他還是知道的。

「妳是說ZION的團員。」徐尉季點到為止。

只是這樣的輕語，我都不能承受。這世界的任何聲音和畫面，都是一種要命的提醒。

我泣不成聲，他默了片刻，徐尉季在低泣的空氣中重新找回聲音。

「妳回到宿舍了嗎？不是剛從德勒斯登回來？」

「我、我……我在車站……」

「還在法蘭克福等車？還是剛到吉森？」

我下意識搖搖頭，努力壓著哽咽，將話說得清楚。「都不是……徐尉季，我坐過站了，在馬堡下車……你來接我好不好……」

你來承接我的支離破碎好不好。

寒冬的晚風刮過手背的疼痛比不上心上的痛覺，好似有一隻手殘忍得掐緊，一點一點收緊，直到喘不過氣。

熱淚淌在臉頰，迅速被拂去溫度，如同心底，一片冰涼。

我雙手環抱住自己，緩緩矮下身子，蜷著身體，蹲踞在偌大人來人往車站的角落，像隻被遺棄的流浪貓。

莫名的似有所感，觸電般的微微抬眼，熟悉的鞋款直直走近，再挪一點點視線，一點點，看見男生被淚水暈開的輪廓，睜著眼，費時將他看得清楚。

徐尉季。

一如既往的身影，疊合著在威尼斯不曾斑駁的記憶，他從容冷靜，披著與他相融的暖暖色調，眸光堅毅。

徐徐，朝我走來。

不論時光如何流轉倉促，徐尉季的走近，每次都會讓人陷落。

這是一個會下雪的國家與季節。

我曾經迷戀這樣不同家鄉的浪漫，儘管凍得雙手發紅，冷得唇色發白、顏面失調，依舊可以傻呼呼的漾起笑容。

但是，一則穿越時差的新聞，像是在我的世界捲起暴風雪，殘忍的過境，徒留一地的喧囂與悵惘，甚至如夢似幻的迷茫。

哭到已經鼻塞。

看起來一定特別淒慘。因為走經過徐尉季宿舍的大廳，引來許多人的側目和打量，幾個可能與徐尉季有過交集，或單純於心不忍和不忍直視的，開口道了幾聲寬慰，同時，也有數落徐尉季的。

儼然將我們當成平凡不過的吵架情侶。

徐尉季將多帶出來的鋪面外套往我頭上蓋著，阻隔風的侵襲，一手摟著我的肩膀，靠近他的左胸口，明顯有一絲回暖，鼻子更酸了，又掉下幾滴淚。

如果這樣的情況沒有徐尉季我真的不知道該怎麼辦才好。

不是說錯過回家的車站便沒有辦法獨自解決，而是，當滅頂的悲劇降臨，我不是一個人面對，我不用已經忍了一路的傷心回到熟悉的城市，還必須一個人沿途哭回去。

原來，長大是用很多很多的失去換來的。

也是明白很多很多的失去是很貼近，而且讓人措手不及。

房間裡開了暖器，溫熱的水裊裊升起熱氣，烘著冰涼的鼻子，透過杯身燙進手指、掌心的溫度，漸漸也將理智回籠。

悲傷的悶痛卻沒有減少，反而更加立體清晰，不容我繼續逃避。

「還冷嗎？」

我默默搖頭，反應有些遲緩。抿緊了唇，遲疑要怎麼開口。

腦袋很混亂，不知道要先解釋我的亂七八糟的情緒和想法，還是先道歉來打擾，瞄了一眼時間，逼近午夜十二點，我大概也沒有夜車可以回去。

「我可以借到躺椅或床墊，妳住下來也不會影響我。」

「哦……」

「毛巾幫妳準備了，妳看妳的行李有沒有可以換洗的，先去洗澡，怕妳感冒。」

徐尉季是知道我的。

每趟旅行我都會多帶換洗衣物，通常也都會利用過夜時間手洗內衣褲，然後掛在暖器前烘乾。

我遲緩的轉身，替自己張羅，動作僵硬，很明顯是刻意拖延。徐尉季扔了一件灰色大學踢到我面前，我眨眨紅腫的眼。

「先將就著穿吧，我記得妳衣服沒換沒辦法好好睡覺，睡褲妳應該自己有。」

「嗯……」

徐尉季這種程度，跟我媽沒兩樣。

咬了唇，忽然忽然，好想家，外面的世界怎麼那麼險惡。

♥

其實，我很清楚的知道，我的那些陰鬱與悲傷都是自己給的。

自尊心是我的堅強，也是我的自殘。

說了不去在意，說了努力釋懷，可是我還是生氣的，我還是覺得許毅讓人感到噁心，曾經算上愉快的回憶都被玷污了。

我已經步履蹣跚，一樁樁事故卻如影隨形迫近。

盯著徐尉季清亮的墨色眼眸，我有些怔然，那些忍住不同別人傾訴的委屈如鯁在喉，他總是能讓我的逞強無所遁形，讓我像個傻瓜。

「上個月底我好像跟朋友吵架了，她是我大學第一個認識的朋友，也是室友，我們幾乎同進同出，我常常黏在她身上，趴在她肩膀上，甚至、甚至，同系的同學一度誤會我們在交往。」說到誤會，我扯了嘴角笑起來，但馬上沉重垂下，一滴淚殞落。「我們一直都很好的，後來她轉學我們還是很常聯絡，很常去其他城市玩，或去對方的城市蹭住，上個月我們還有聊天的，話題還沒結束她就突然不讀不回。」

徐尉季沒有急著插話，沉靜聽我說，替我攏了滑落的毯子。

「我回去看對話，我們明明完全沒有吵架的跡象，瘋狂傳貼圖是我們找對方的默契，但是她完全沒有回應，像是石沉大海，我以為她是換手機，可是我們的群組她會讀，只是有一次被標記到之後，她就直接也不讀了……」

「好像、好像要澈底的切割掉我們這一群……我們曾經室友這一群，我跟她明明最要好的……那些一起吃飯、一起翹課、一起熬夜念書、一起騎車迷路的回憶，想起來就很……」

很酸澀。

那些費力藏在心底的失去終究還是散落在生活的細節裡，影響著我的情緒，動搖著我的信心，也許是不夠資格，不夠得到同樣的付出與珍視。

與我相歧的愛情，無聲無息放棄我的友情，以及，從學生時代支持的信仰驟然崩塌，細數過這些，看似微小，看似小題大作，卻足以讓我歇斯底里，足夠讓我一蹶不振。

歐洲的灰暗冬季，城市的綿綿陰雨，經常獨行的生活，新朋友再如何貼心友善總是不及遠在國內的多年好友。很多時候，是感到寂寞。

我知道我仍然擁有很多，但是，也許一部分痛苦的根源便是自己的理智有這樣的認知。我明明不是最辛苦的，我明明不是一無所有，我為什麼要感到暗無天日。

理性拉扯不動感性的此刻，像是隔著一層篤實的玻璃，撕心裂肺的嘶喊都無法撼動外界半分，我依然墮入憂鬱。

「姚旻，我不知道有沒有對妳說過，妳太苛責自己了，也堅強過頭。」

倔強過頭，連眼淚都捨不得掉一滴，深怕被看見，深怕被可憐，深怕被發現我是一直一直被留下的一個。

抿了唇，我癟嘴，我知道，我知道啊。

可是我能怎麼辦？

這就是我啊。

「……這樣的我，是不是很難搞……」是不是連你也覺得厭倦……

耳邊響起他起身悉悉簌簌的微響，我心裡一緊，一言不合就走開，徐尉季不是這樣的。我偷偷抬眼覷他，嘩啦啦的水聲劃破空間裡充斥著的傷感，我面露疑惑。

暈霧霧的目光追隨他，鼻子、雙眼、臉頰都通紅。

他將毛巾擰乾，生生捂過來，湊到我眼前，觸上肌膚確實力道很輕，柔柔替我熱敷，舒適剛好的溫度似乎燙貼著哭久累極的眼睛。

「我從小念理工科的，不會說好聽和安慰的話，我媽常要我閉嘴就好。」

我眨眨眼，忍不住勾了唇角。

他悉心替我熱敷，一面溫聲道：「我不會覺得妳是麻煩，我能做的很少，陪著妳哭、陪著妳抱怨，是我唯一能做，也是能做得最好的。」

暖暖的話語剛落，一滴清淚從眼角掉落，趁著縫隙，打在自己的手背，終於有了很深的真實感，一度疼到不能自已，像是與現實斷了連結。

此刻，切實體會到徐尉季在身邊。

「這種時候妳能想到我，我很慶幸，姚旻。」

我能不能這樣理解他的言外之意。他怕我絕望的我會出什麼意外。

皺皺鼻子，我哽咽，「你哪有只能看我哭……你還會給我泡奶茶、給我煮義大利麵……」

「嗯，我能管妳三餐。」

「……徐尉季。」喉嚨哽了下，我閉上眼，感到深沉痛、深沉的絕望，還有費力透進的溫暖。

我含淚垂下腦袋，「謝謝你……也。」

驀地住口，搖搖頭。徐尉季，我也對不起你，這麼美好的你卻要承接滿身瘡痍的我，在我都想放棄自己的末途，你的出現比什麼作為、比什麼話語都要重要。

這一住的休養，就長達三天，兩堂的課程被我請了病假徐尉季沒有表達異議，他也不放心我回到一個人的房間和一個人的情緒。他知道我不會同意他跟我走，他是碩士生，我是學士交換生，孰輕孰重我還是能分辨。

每天出門他都會將我喊醒，迷迷茫茫睜著眼睛，在霧霧的視野中將他的輪廓看清，他會回握住我的手，寵溺貓似的摸摸我的腦袋，我努力不著痕跡的撇開頭，費力抬手去遮住染上淚痕的枕頭套，這是我們都暫時避而不談的話題。

他守護我的驕傲，也給我時間痊癒，但是，他不會知道，我不會好了。

我不會痊癒的。

何浚他出殯的當天，我撐著意志力，刷著直播更新，隔著時差也要陪他走最後一程。

每次跳出他的新聞，跳出與他有關的回顧和事發的細節，他刻意失速撞上高速公路圍欄的失事照片，會伴隨著他靈堂上剛出道時溫暖漂亮的笑容。

我才明白，你的溫柔背後扛著這麼多的疲倦，你的初衷和夢想，曾幾何時，已經成為重石和利刃。

聽著他的創作曲，聽著他磁性特別的嗓音，想念有了落腳，眼淚也有了墜落的理由，我像是自暴自棄，一味去觸碰傷口，一味去瀏覽關於他的消息和粉絲專頁的發文，每個人的文字都帶著遺憾和悲痛，得到共鳴的我，眼淚掉得更兇，但堵在胸口的沉悶意外減少一些，因為不是只有我痛失這份信仰。

大家一起悼念，來自世界各地，到場的，或是留在各自國內的，彷彿能將痛分散一些，就這麼一些些也好。

就這麼一些些，就可以讓我再撐一些時間、讓我再走一段路。

徐尉季是怕我把眼睛哭壞的，但是，又沒辦法阻止我哭，情之所至，他只能變著花樣，將對眼睛有助益的青菜放入菜色，也不厭其煩提醒我熱敷眼睛，知道我經常忘記，或是會懶惰，就選在出門前遞給我。

總是會聞香來蹭飯的室友通通被徐尉季拒絕，笑鬧的互動能看出徐尉季和他們相處得很好，不像是相敬如賓。

二十三號我們照著原始約定搭火車北上荷蘭，第一天便斜風細雨，凍得我們手腳冰冷，剛到的第一晚只窩在旅舍，一面計畫往後的行程。

接下來的日子，天氣非常給臉，儘管不是沒有冬陽傾瀉，至少沒有陰雨，徒步的旅行順遂不少，也不那麼濕冷。

我們去到荷蘭境內許多城市，阿姆斯特丹、鹿特丹、海牙，以及烏特勒支，每一個城市都有不同風格的面貌，我們雖然都不懂建築的藝術，卻依舊被驚艷，且可以肯定，事隔多年回顧照片，可以篤定說出這是屬於哪個城市的風光。

走訪四個城市一瞬間像穿越四個國家。

最讓我醉心還是海港的鹿特丹，攫得珍貴的冬日陽光，雖然不溫暖，還是將人的視野照亮，將好看建築的稜角切割得完美俐落，色彩鮮明。

情緒深深影響著生理，我的腸胃狀態直直下落，有時候一旦進食便腸不舒服，不吃胃又開始鬧騰，反覆折騰，只能少量多餐養著，怕徐尉季擔心和責備，我總是忍著，直到恰好抵達倫敦當天，為了便宜機票，我們搭的是夜航班，一晚要在機場擠著度過。

在場不乏這樣的旅行者。

那次我唇色白得特別明顯，還有點站不住腳，拉了徐尉季的衣袖，小小聲說：「胃痛。」哭喪著臉，要有多委屈就有多委屈。

徐尉季總是有辦法有條不紊的安置我，我的隨身藥盒這趟旅程也放在他的包裡，立刻拿出胃藥給我，堅持要我和著保溫瓶的溫水一起咽下去。

將我照顧好，該罵的還是不會忘記不會缺少。我立刻垂著腦袋，裝乖。

「姚旻，妳最好老實回答，妳這樣痛幾天了？」

「也沒有很多天，又不是一直痛沒有停，就是一陣一陣，我覺得……」我越說越低，某人的眼光有點沉。

「嗯，繼續說。」

我閉上嘴，定義這句話成反詰，他一定是希望我不要狡辯。

扛著他無可奈何卻心疼的眼神，我不安動了動，我都快被照顧成廢人了，徐尉季不知道我其實沒有那麼嬌弱，我不是臭公主呀。我嘆道：「胃痛通常忍一忍就過去，真的，太常吃胃藥也不好啊，會有抗藥性。」

「妳是多久胃痛一次，變成常吃？」

「……之前報告忙的時候比較常。」

雖然用在這裡不合時宜，但是，莫名的，我想起從勵志的書上看到的一句話：「最喜歡你討厭我，卻又幹不掉我的樣子。」

望著徐尉季拿我沒轍的模樣，心裡有點暖，有點甜，有點自責，抿了唇，我曜黑的眸光清澈。

「姚旻，我不是妳媽，別把報喜不報憂用在我身上。」

「我不是……」

「我既然待在妳身邊，我不想要對妳的狀況一無所知，何況是妳生病。」

「我不想要你多擔心，也不想要你覺得我、覺得我……」

「覺得妳怎麼樣？」

「覺得……我問題很多。」

他被氣笑了，用力揉揉我的頭髮。「妳問題多不是一天兩天的事，我一直都在，也是自己選擇接受妳這個大麻煩，妳還有什麼要顧慮？反倒是妳比我擔心要多。」

我咬了唇，選擇沒接話，眼眸籠上一層霧氣，緩緩一圈一圈暈開，感動的水光。

他不緊不慢接口，「再說，麻煩不麻煩，是以我為準，不是嗎？」

倫敦沒有巴黎那樣象徵的紙醉金迷，反倒是狹窄的街巷與擁擠的人流車潮，扣除建築設計，挺有家鄉的感覺。

我感嘆：「好久沒見到塞車的盛況啊。」

「歐洲的路都偏寬敞，確實很少像倫敦這樣。」

「而且因為有一堆雙層巴士，空間更擠的感覺。」

有一搭沒一句的閒聊，如果要說姚旻與徐尉季之間有什麼不一樣了，好像沒有，又好像不過是淡進生活瑣碎中，他因為怕世界的熱鬧將我們沖散，拉了我的手。

溫厚的大掌與漂亮的手指，扣著我的手臂，走著走著，莫名其妙的，我低頭看，我是勾住他的手，靠著他精瘦的側腹，可以清楚感受到他的溫暖，眼睫尷尬搧了搧，我陷入要不要抽手的尷尬處境。

抽了顯得我大驚小怪，不動又怪彆扭害羞。

最終，徐尉季是不是有察覺我的掙扎，反倒是將手攥得更緊了，從容繼續和我搭話，今天便是一年的最後一天，十二月三十一日。

我們提早去等在熱門的倒數煙火景點，徐尉季老早就架好腳架，一面開始拍攝人來人往的過客，以及天色由明轉暗的過渡，時間的快慢和色彩的明滅都被他收錄起來。
「姚旻，過來。」
「幹麼？」
「剩十分鐘，來許個願。」
我笑出聲，抬眼覷他，「這是哪來的儀式？」
「我創的，怎麼樣？不行？」
他難得露出這麼幼稚的神情，顯然也知道自己不合常理，摸摸鼻子，還要故作無事，我配合著。
歪著腦袋，我仰頭看他，「那是你要幫我實現？」得到他恩賜的頷首，我笑瞇了眼睛，「哎，那我不能想太難的，要不然你不能完成，就丟臉啦。」
「姚旻，妳又得意了？」
嘿嘿，忍不住，他這麼好，尾巴哪能不翹起來。
蹉跎掉五分鐘，倒數迫在眉睫，他認真催促我。
我抿了唇，實在想不出有什麼心願。
家人平安快樂？朋友們順遂無憂？我……我還有什麼祈求？
我雙手合十，維持同一個動作許久，徐尉季也耐心等我，半晌，深深呼吸一口氣，溫軟的嗓音輕輕低語。
「新的一年，我希望我在意的人都可以平安順心，然後，我希望。」我偏頭看著徐尉季，「明年回國那天，徐尉季可以來送機。」

撞上他溫柔如水的眸光，沉潛著不可名狀的深意，感受到視線掠過我面容每一寸肌膚，似乎每一處都燒灼起來。我瞇起眼，藏住悸動。

他聲息低沉，拂過耳畔，麻了半片臉。

「這個容易，姚旻，妳可以再任性耍賴一點。」

我跟徐尉季已經沒有什麼顧忌。

從前彼此講電話時候都還要避開對方，走到房間外面，走廊沒有暖器的旅舍真的很找虐，避免不自在也因為禮貌，我們也很少在旅程中通話或自己看影片。

現在我媽跟我說幾句話還會問起徐尉季在幹麼，徐尉季跟家人通話則是少不了陰我的計謀，像是，一聲不吭開啟視訊通話，等到我邋遢的經過，或是我一時興起隨著韓文歌哼幾聲，不是他幽幽說唱得真好，便是他母親大人輕輕咳嗽，說旻旻看起來心情很好。

……我立馬就天昏地暗了好嗎。

這種羞恥play多了對心臟不好呀不好。

搞不懂徐尉季這是什麼幼稚的心態，似乎樂此不疲，想想我只有這點逗樂他的作用，也只能不跟他計較。

事後偶然跟舒樺小姐姐提起，她嗤笑，「妳是不是傻呀？你們這不只是同居生活，還見家長的高速發展？不在一起不是太對不起世界？」

我眨眨眼，卻別有另一番思考，長了幾歲，受了幾次傷，總該要有一定程度的成長，要是因為同樣的情境再跌倒一次，我就真的荒謬愚蠢。

也因為對象是徐尉季，我不得不更小心翼翼，錯了一步，都可能萬劫不復。我再也經不起失去，尤其徐尉季是我害怕傷害的人，無心的我也不能容許。

自我厭惡是一種難熬的循環。

在所有人際關係裡頭都會讓我感到疲憊，我總是試圖自己表現出遊刃有餘，露出溫暖開朗的模樣，我總是害怕將該屬於自己的情緒外洩感染別人。

一場場的失去，一次次的重傷，我變得不知所措，不知道怎麼面對世界、面對別人、面對自己，相比與其他人相處，與自己相處最真實不用偽裝，雖然寂寞傷心，可最重要是不用擔心不經意劃傷對方。

然而在與徐尉季的關係裡，他像是閃著粼粼波光的遠海，帶著陽光的溫度，清澈幽藍，包覆著我，那些我的脾氣、我偶爾的憂鬱、我偶爾的痛哭，他會心疼、他會寬慰，但從來不會有厭煩。給了我最大的寬容。

喜歡是一個瞬間的確認，能不能在一起反而是最難以負荷的答覆。

♥

一趟於我漫長的德國交換時日，像是一場長征，如果不是經歷那些失去，這段時光會更加風光明媚，盯著手裡漂亮的成績單，我也不會像此刻這樣悵然，像是一場夢。

會再驕傲一些、再雀躍一些、臭美一些。

但是，同樣的，如果不是這次出走，我不會遇見徐尉季。

相遇與失去不是可以用天秤輕率衡量。

收拾著雜亂無章的行李，散落一床的衣服，堆在裡間櫃子的紀念品和各國經典名產，還有零零落落橫倒在桌上的日常用品。我長嘆一口氣，期末考、期末論文、期末報告，這些都不是難題啊，整理行李才是最難關卡。

渴望地瞅瞅手機，好想打電話給徐尉季哭訴，想裝死。但是，立刻想起他剛剛掛電話時候的警告，頓時懨了。

「姚旻，妳東西收好沒有？」

「哦……正在收，是現在進行式，緩慢進行。」

「妳其他資料都辦好了嗎？」

「當然呀，徐尉季你是不是把我當笨蛋？」咬咬牙，這人說好聽是當媽一樣的囉嗦，說白了不就是把我當智障嗎。

怎麼說我當初也是自己整株好好平安移植到德國的，懷疑我要有個限度呀。

於是，開著免提和視訊，我不時瞧瞧徐尉季帶著黑邊眼睛低頭看資料的模樣，他不時瞄一眼我手忙腳亂張羅的傻貌。

終究是放比較多精神在跟他聊天，沒多久，徐尉季多精明發現了，只扔下一句話。

「妳專心整理，整理好再說話。」

「哎……」

我連拒絕和敷衍機會都沒有，他身手矯健切斷通話，我慫，腆著臉回撥也不敢，要是他不接多丟臉啊。

只好順著他的意思，慢條斯理收拾起來，這一優雅、一氣定神閒，等我九成打包好，回頭望起霧的窗外，天色不知道何時早就落了黑幕，我蹭蹭起身，扭開窗，才一點點縫隙，冷風就撲面灌進來，讓我冷得打顫。

趕緊闔上，順手把暖器強度調大。

一面思考晚餐要吃什麼，冰箱還有一點青菜的樣子，可以合著最後一些麵條滾成熱湯麵，加點蔥、洋蔥，再跟舒樺小姐姐搶一顆蛋來，最後一天，湊合湊合就行。

就快要回到美食天堂的台灣啦嗚嗚嗚，我的翡翠拿鐵。

正猶豫不決，聽到手機震動，沒多想，也沒有多注意來電顯示，我歡快答：「喂？」

「整理好了？」

「當然。」

能劈頭就這麼問的，除了徐尉季，沒有第二個人了。

我信心滿滿露出笑容，忘了他根本看不見，但是這得意的意味有耳朵基本上是聽得出來，何況徐尉季跟警探一樣機靈敏感。

「那晚餐準備吃什麼？」

「……」

問到這份上，我只能閉嘴了。

要是直白說出泡麵，我的小性命是不是堪憂，真是憂愁。我癟癟嘴，要是不回答多像心虛，完全是不打自招。

「還沒想好。」

「如果妳放下手上的泡麵，可信度會高一些。」

「你怎麼知道！」

這絕對值得我嚇得花容失色。

剛剛開窗戶也沒看見徐尉季啊。

耳邊傳來他清潤的笑聲，染著得逞的惡意，還有好氣又好笑的無奈。

「我坑妳回答的，妳是就自己認了？才答應不吃泡麵，馬上就失敗，妳回國不就放飛自我？姚旻？」

這一聲姚旻喊得好聽，我卻沒心情欣賞，徐尉季不是好得罪的。

「我這不就是想想而已，你要定罪也還不行啊，我頂多算是思想犯。」

「念過刑法？」

「差點要誤入歧途跑去輔修過。」

「妳還認真了是吧。」

我皺皺鼻子，果然轉移話題是不可能的。「徐尉季，求不拷問，求放過。」不然這話怎麼回怎麼送命。

他倒是見好就收，失笑，「下來幫我開門，好冷啊，姚旻。」

二月八日，風和日麗，陽光是裝飾的，不燙人，風溫和得吹。

我漫步從停車場晃進室內。

身旁的視線緊緊盯著我，分毫不差，我目不斜視，幽幽拉了口罩，很努力故作從容無事，其實，緊張到不行。

「姚旻姐，妳很緊張？」

「沒有。」立刻無辜搖頭。

男生含笑的聲息降了下來，「那妳走著麼急是……」

「怎樣？」

「要麼尿急，要麼、想見我哥。」

「……錯，以上皆非。」

他也不理會我睜眼說瞎話，安靜挑了眉，想了想，伸手接過我手裡的飲料，面對我的困惑，他溫聲道：「我哥應該都會主動幫忙拿吧，讓姐回味一下。」

我真不該跟來，完全送上門找虐的。

他長得並沒有跟徐尉季一眼就看出的相像，但是，嗓音像、脾氣像，無傷大雅的惡趣味也像。我揉揉眉角。

徐子靖，徐尉季的弟弟。

回國當天我過得像是絲毫沒有時差的困擾，正常人常是挺屍，我卻是興奮過頭，十三小時的航程甚至刷完三部電影，完全是要將半年錯過的補上的氣勢。

衝回高中母校不說，老師徹頭徹尾將我打量一番，只吐出兩個字：「瘦了。」

同行的朋友緊接著話題，「對不對！明明國外一堆垃圾食物……呃，一堆速食，不是該長胖嗎！說好的圓臉呢！」

「低頭我看看，是不是也沒有雙下巴！可惡！」

我抿著唇笑笑，沒有說話，將碎在眼光裡的憂傷隱去。

我已經可以正常的生活，不會動不動就流淚，不會摀著胸口、蜷起身子喃喃著好悶，像是永遠都無法排解積在心底的潮濕。

朋友們、老師們，還有親戚們，看見的都是我的意氣風發，學成歸國的明豔，會負面傳染的絕望就壓在心裡吧。

我總能好好消化。

回家躺了兩天，馬上被學校附近過去打工過的咖啡廳店長緊急召喚，簡直是八百里加急，滾起來跑回去友情協助，代了三天的班，一個星期倉促一晃而過，半點都沒有浪費。

然而，也就是其中一天，巧遇了徐尉季的弟弟。

還在德國的某個日子，在一次複習德文口說時候，我本來縮在床腳獨自練習，認真程度接近忘我，壓根沒有注意到原本在讀英文期刊的徐尉季轉而在跟家人視訊，正好我爆漲的求知慾支使我去詢問發音。

全程落入他家人眼裡。

我啊啊地預備發音，反覆要將彈舌唸道地，光是想像就知道很蠢的模樣，我掩住臉無聲哀號，這個人真的是坑人沒在手軟的。

還敢理直氣壯眨眼，「我怎麼知道妳不知道我在講話。」

「我……」我氣結，肝疼。

「沒事，他們什麼都沒看見，只看到勤學少女。」

……少女都用上了。我忍不住鄙視他。

這明明是我平時無賴的時候會用的語詞，他平時最唾棄我裝年輕，因為顯得他年長我許多。

於是，驚鴻一瞥過他弟弟的臉孔。

當他出現視界裡我有一瞬間的遲疑茫然，覺得這個格外眼熟，他喊出「姚旻姐」，我眼露明晃晃的詫異，他彎起眼睛笑，得逞的模樣跟記憶中的徐尉季一瞬重疊，我大膽猜測了他的身分。

「你是……徐尉季的弟弟？」

這就是第一次正式見面。

如果說第一次是偶遇，下一次就是故意。

徐子靖撐著下巴，倚靠著擦得閃閃發亮的吧檯，我百忙抽空瞄他一眼，眼見他雖然看似轉程來找我的，但並不是特別著急，我也就繼續手邊的工作。

「姚旻姐，妳回國後有跟我哥聯絡嗎？」

我眨眨眼，沒接話，擦拭著玻璃杯，掩飾心中的動搖。

這是試探，還是關心？

他沒有為難我的遲疑，似乎一開始就不打算強求答案，他單刀直入問：「姚旻姐後天有空嗎？」

我一愣，有點難以啟齒，「你……在約我？」

「呃，猛一看看來，好像是。」

「要幹麼？」

「姚旻姐可真精明。」抱怨的口吻有幾分幼稚的味道，他嘆氣，「能看到姐不冷靜的樣子的人，該不會只有我哥吧。」

「你到底想說什麼？」

被繞得有點暈，他開場白太久，到現在沒有搞清楚他特意來做什麼的？

「後天陪我一起……呃，不能這樣說，跟我一起去接機吧。」如願捕捉到我眼裡的迷茫逐漸被不可置信蓋過，他滿意微笑，「我哥要回來過年啦。」

「我……」

有一瞬的無措，我跟徐尉季的世界向來是狹窄的，突然介入了其他人，還是他親近的家人，像是我和他的交集被攤開在陽光下，感到不自在。

「妳可不能不去啊。」

徐子靖語不間斷，「我哥沒遇見妳之前就跟家裡的人說了不回來過年，說來來回回跑多麻煩，省得浪費錢，這次改變主意連我爸媽都傻眼了，還以為他開玩笑，等到他截圖機票的憑證到群組，大家才相信。」

喉嚨和嘴唇都有些乾澀，那句為了我，讓我腦袋一片空白。

「我哥說本來想跟妳搭同一班飛機的，可是他作業來不及，只好多待幾天，總是能見上面，他在電話裡一直對我催眠自己，我聽到耳朵都快爛了。」

半晌，我終於擠出一句薄弱的回應。

「徐尉季……真的要回國？」

「千真萬確，比黃金還真，我哥在機場看到妳一定會嚇傻，然後我之後一定會被表揚的。」

終章

「就是因為你不好，才要留在你身邊，給你幸福。」

——《霍爾的移動城堡》

腦袋中浮現大片落地玻璃外的飛機跑道與停駛的飛機，出國與回國的經驗歷歷在目，如今卻是守在大廳，等待接機。然而驀地，被他的語出驚人拉回視線。

「我媽還要我問妳，要不要來家裡吃飯。」

「……啊？」

「報答妳拐到我哥回來過年啊。」

無語片刻，我平板回覆：「跟我一點關係也沒有，你不要自己腦補那麼多，還去帶偏風向，影響你媽。」

「就妳不相信。」徐子靖迅速上下打量我，嘖嘖幾聲，語帶困惑，「聽說姚旻姐是學霸，還雙主修、交換，這麼沒有自信不合理啊。」

「優秀是比較出來的好嗎？」

「妳想說我哥更優秀？也不是沒道理，但是，你們兩個能不能不要在我面前各自稱讚對方，我哥說了不只這些。」

我一愣，怎麼可能。

徐尉季那麼悶騷，沒事還愛鄙視，跟弟弟誇耀我？

我抖抖身子，完全不可置信，覺得徐子靖唬我的可能性更高。徐子靖立刻一副「我就知道」的表情，深深被打擊與背叛的委屈。

「就知道說出來沒人相信，所以我錄音了，這絕對是證據。」

這倒是讓我感興趣，我往他身邊湊，「播出來聽聽，有聲音有真相。」

「切，不要，姚旻姐剛剛不信任我，我心靈受創，不想讓妳心想事成。」

「……行，你就自己留著你哥的聲音好好回味。」

他瞠目結舌，「不該是這樣的……套路呢！妳為什麼不跟著套路走！」

插科打諢之際，無意識將目光移向玻璃自動門，恰好一道頎長的身形逆光走來，厚重的大衣與綿軟的圍巾分明跟台灣天氣一點都不搭，我露出微笑的同時，胸口湧起綿密的熟悉感，溫暖燙過指尖末梢。

約莫是有看見徐子靖低頭對我笑的模樣，徐尉季不等我們兩個開口，劈頭第一句便對著自家弟弟，不過是瞥了我一眼。

「別沒大沒小。」

徐子靖氣結，「我平常不隨便開玩笑的，我是真心把姚旻姐當姐姐看啦。」

「弟弟就要有弟弟的樣子，過來推行李。」

徹徹底底的壓榨。我忍不住笑，徐尉季立刻清淡的目光掠過來，頓時繃緊神經，嘴角微僵，有一種輪到自己被開刀的感覺。

「沒有話對我說？」

「呃？」我眨眨眼，他幽深的眼光裡緊緊攥住我迷茫的神情，一點一點溫柔和如釋負重從四角緩緩竄出來。

我知道，他始終擔心我。希望這不是錯覺。

擬了許多腹稿，要對他說的話好多好多，有不同的選擇，有時候覺得兩人在歐洲的時光像是穿越的一場夢境，彷彿旖旎的鏡花水月，如果不是翻著照片，一點真實感都沒有。

回到台灣、回到國內，如同回到現實，在我們不曾有過交集的國度與城市，重新面對他，竟然說不出隻字片語，好像，說什麼都不對。

我咬了下唇，「徐尉季，歡迎、回來。」

折衷的吐出這麼一句話。

「嗯，好久不見，姚旻。」

年節我當然沒有到徐尉季家裡作客，這種事情太考驗我的心臟，我無法負荷。我連許毅家裡都沒有去過，雖然他提起過無數次，但我總覺得兩人沒有到急切見家長的進展，便總是敷衍拖延著。

連當初交往身分我都沒有到過許毅家中，現在我又是什麼身分能自然而然答應徐尉季父母的邀請？

朋友什麼的，我覺得過於牽強。

因此，我只跟徐尉季約了幾次出門，看了幾場電影，通常電影的行程，都會多上一條小尾巴，我有些好笑，徐尉季眉梢染著冷漠。

「我剛分手，你們帶著我玩，非常兄友弟恭啊。」

「你回家陪阿嬤，可以綵衣娛親。」

徐子靖一噎，「哥我認輸，你成語程度比較好，我不獻醜了。」

本來以為他們兄弟間的爭執與我無關，正眉眼含笑的旁觀，忽然被徐子靖點名，他果然不按牌理出牌。

「姚旻姐，妳說，我哥這樣千方百計要擺脫我這個親弟弟，是不是太殘忍了？」

我眨了下眼睛，不吭聲，總不能坑掉自己。

「姚旻姐，妳不要看我哥這樣人模人樣，他其實幹過很多崩壞形象的事，高中時候把收到的匿名情書夾到別人的書裡、中午打掃時間躲在外掃區域烤蕃薯、為了追球賽直播把手機藏在鋁箔包裡，大學時候為了社團募款……」

徐子靖說得可起勁，我也挺配合的，明顯是津津有味的興味，全然忘記當事人我們惹不起，直到察覺氣氛不對，我趕緊收起饒有趣味的表情，堪堪收住「依靠美色」這樣一句調侃。

徐尉季睨著徐子靖乾笑著住嘴的乖巧樣子，揉揉眉角，倒是不知道該怎麼做不會顯得欲蓋彌彰，眼露踟躕。

「咳咳，我這麼說呢，只是為了幫我哥降低一點仙氣，幫你們縮小一點距離……咳咳，沒事沒事，當我沒說話、當我不存在。」

「少聽一些他胡言亂語，會學壞。」

我眨巴眼睛，「所以是怎麼募款的？」

「很想知道？」見我大大點頭，他微微勾了嘴角，抬手推了我的腦袋，「絕對不是妳想的那樣，我是靠九校聯合的電競比賽。」

「我什麼也沒想……」口吻是委屈的，但眼光裡的心虛背叛了自己。

雖然徐子靖偶爾是很盡責的電燈泡，但他會適時的製造時機與空間，只是這樣的助攻讓我有點不自在，總是不受控制回想起當初與許毅交往前的兵荒馬亂。

一樣是朋友們吹拱。

怎麼順其自然這麼難？

有時候耽溺著徐尉季的溫柔，有時候卻被自己的憂鬱不堪驚擾，覺得徐尉季的溫暖過份燒灼。

如果他交其他女朋友的話，我也能死心啊。這樣的願望讓人自嘲。

與徐尉季相伴的時光總是飛逝。

每次望著他朝我走來，總是暗自祈求眼前的路再長一些，他永遠在我目光所及的地方，沒有相遇就沒有分離。

重新回到生活了二十多年的城市，我該慶幸就讀的學校雖然跟家裡是同一座城市，但有鬧區郊區的距離，並不會容易遇見不想見到的人。

拖延了將近兩星期，我終於有餘力去面對那件情緒殘渣。找了Jack陪同，約了許毅在學校中庭，我歸還他贈送的所有物品，他也歸還我留在他住處的用品。

「妳把他送的生日禮物都準備要還了？」

一起下了公車，慢悠悠踏著步伐，他蹙了眉，突然想到問起。

我幾不可見的點頭，聲音冷硬，眉眼疏淡，「嗯，不只，情人節、聖誕節，他家族旅遊帶回的紀念品和保養品，全都收在裡面，還有一些出去玩時他買的布偶娃娃。」

「難怪重到妳需要叫我拿。」

「哦，沒有，我提得動啊，就是懶。」就是不想碰。

「這些都是新的吧？妳完全沒用過？妳這是什麼做好分手的預備嗎？」

我翻了白眼，「說什麼，我收到禮物後接著就出國了，哪有時間拆，紙相機什麼的，他是照著他的心意送的，我又沒興趣，沒用到很正常吧。」

「這麼說也是。」他掂了掂手裡的大提袋，側目望著我，「可是妳想過他會還妳什麼嗎？」

「管他，我主要是想拿回我送的拍立得，我一個月四分之一的薪水，送他我都覺得噁心浪費，而且我只要想到他可能帶著那台相機跟他女友出去玩耍，我就反胃。」

也許說得狠了，明明該是語帶恨意的話，我卻缺乏抑揚頓挫，冷靜到離奇，Jack半晌沒有接上話題，虛嘆一口氣。

「妳還是很介意。」

「……我也只敢讓你知道，我很介意，我不能放下，不是難過，是生氣和不甘心，他踩著我的自尊心過去，我怎麼那麼容易可能釋懷。」

有一段時間被何浚離世的悲傷籠罩，忘記了許毅給的狼狽，現在身處這個我和他相識交往的地方，所有都像陳舊放映的卡帶，一呀一呀不受控倒出來。

「妳只是在讓自己受傷。」

「……我現在看起來怎麼樣？」

「啊？」

我耐著性子，覆述一次，「我現在看起來怎麼樣？除了變瘦，還有沒有哪裡看起來不一樣，或，不是很好？」

雖然感到奇怪，Jack依言將我打量一番，也只有這樣好朋友，我不會因為他的視線難為情，他摩挲著下巴。

「瘦了，所以有點憔悴，但是妝很好很自然，皮膚感覺白了，頭髮長了，染了霧紫感覺很……很冷、很難接近。」

我立刻拿起唇釉補妝，輕輕抿開，帶起一絲氣色，眸光繼續沉，透著冷漠涼淡。Jack向來是通透細膩的，拍了我的腦袋，理解的話語中洩漏心疼。

「妳學成歸國的氣勢就夠輾壓他了，擔心什麼？」

「我要越活越漂亮。」

「本來就夠讓他顧慮了，妳是他的理想型不是嗎？」

我嗤笑，「他隨便說，你隨便信，甜言蜜語誰不愛說，他當浪漫，我是活在現實，不是漫畫。」

「甜言蜜語是不是誰都愛說我是不知道，但是誰都愛聽的可能性高一些，就妳不喜歡，不過也許有其他解釋。」

「什麼？」

「要麼真的是他太油膩，要麼是妳不夠喜歡或相信他。」

不相信我們能走到最後。

只是憑著好感和感動走一步算一步，其實，我情商也挺低的吧。

「反正，如果妳真的不高興，就直接落德文，看他一臉懵逼也過癮。」

我無語，「他什麼時候看起來不傻了？」

「唔，說得也是。」

好吧，我不應該跟Jack在這造口業。

許毅遲到了五分鐘才到，遠遠視線相交，他明顯有一瞬間的僵硬，剛走到我們跟前，他急著開口解釋。

「路上塞車，我有傳訊息跟妳說……」

「我沒收到。」我冷淡打斷。

他憋了話沒說完，顯得笨拙，撓撓頭，有點拘謹。事後，Jack跟我說，因為我封鎖他了，當然收不到訊息，我才恍然。

我也不想跟他多說。

「這些，都還你。」

他手忙腳亂接下，粗略看了一眼，馬上看到放在最上層的紙相機，他目光難辨，「這個妳也不要？」

「嗯，都不要了。」

他低下頭，似乎在思量要說什麼，我卻覺得這樣的拖延沒什麼意思，涼涼開口，直接往尷尬的話題走，站在Jack身邊我就底氣充足是確實的。

「還有我送你的拍立得。」點到為止。

「哦、哦我，那個、我沒有帶到那個。」

他只還我原本就屬於我的那台。

我當初話語留了餘地，沒有直白說出要歸回我送的禮物，其實，其他都無所謂，就是拍立得我不能接受，因為當我在甘願將拍立得送給他當生日禮物的同時，他跟學妹已經在培養感情。

忍不住扯唇無聲笑，清冷的、輕蔑的。果不其然，不說他本來就鍾情相機，也不提那台新款拍立得的價位，他大概從不認為自己做錯，不認為自己的作為多麼打臉。

本來就有八成預期他不會帶，也沒什麼好失望。

「我在這裡等你吧，十五分鐘夠嗎？」

「呃，好……」

許毅前腳剛走，Jack登時露出滿意的笑臉，給我比個拇指讚，我的和顏悅色是很值錢的好嗎。

他十二分鐘就跑了回來，拎著拍立得，我的目光卻不是在他身上，略過他，遠遠望向後面，禮貌的朝一個男生打招呼。

當著許毅的面，轉手將拍立得賣掉。

我看著Jack同樣詫異的表情，冷情一笑，就當作我最後小小的報復吧。

「走吧。」

許毅，我跟你，不要再有瓜葛。

他再差勁也有人喜歡。

一段感情的結束或許有對錯的偏頗，但是，時間風化，是與非一點也不重要，不過是兩個人不適合。

能在家中愜意當個廢人的日子終究會結束。一切必須走回軌。

身為交換生接待團隊歐洲組的組長，我需要提前一星期回到學校，來回忙碌籌備著，因此錯過徐尉季出境回德國的日期。

遺憾是一瞬間劈頭蓋下來的，但是，後知後覺匍匐出來的情緒是慶幸，離別的場面，我怕我會哭。

然而，我們不是能在機場依依不捨、淚流滿面的關係。

整個寒假經常跟徐尉季膩在一起，儘管沒有為了他疏遠其他許久未見的朋友，但依照見面比例計算，依然是徐尉季居多。

恍惚是在陌生德國相互依偎的生活。

開學後就沒有再繼續不時往過去打工的餐廳跑，店長應徵到菜鳥新人，用不著麻煩再回去支援，我也盡心在德譯的實習工作和畢業公演的準備。

徐子靖自從在後門附近的咖啡廳遇見我，有意無意開始會在下午時段出現，害我有時候站在門口會猶豫要不要進去。

「你也來唸書？」

「沒，今天是特地來找姚旻姐的。」

我眨眨眼，「所以你前幾天是真的來唸書？」

「呃，一邊唸書，一邊做實驗的數據收集。」

「什麼實驗？」

「大概是，論姚旻姐什麼時間會出現在這家咖啡廳，這樣的實驗。」

想也沒想，我直接擺手，「滾。」

講沒幾句話就不正經。

「嘿嘿，我就是有嚴肅的事情想問妳，又不忘我科學家的精神，反正我這幾天公司的案子剛結束，帶薪休了三天，閒著。」

「公司？你不用上課嗎？」敏銳的抓到重點。我一直沒有問徐子靖的年紀，只知道他是徐尉季的弟弟，他打從見面就姐呀姐的喊著，我也理當認為他比我年幼。

現在怎麼聽來有點不對勁。

「我去年六月畢業的啊，現在有工作，當初專題蹭來的，完全誤打誤撞，但是待遇不錯，也能有空餘時間做研究。」

我凌亂了。「那你不是比我年紀大嗎！你喊我姐幹麼？」

「把妳當大嫂看啊。」

「……不要亂講。」

「真的，我認真，這很嚴肅的，我沒亂說，我哥能不能脫離母胎單身，希望寄託妳身上，如果不是怕嚇到妳，我媽都想跟我來見妳。」

……這是什麼情況。

這發展不只是光速，是失速好嗎。

哪裡來的誤差，產生這樣的誤會，全世界都認為姚旻和徐尉季必須在一起，可是，越是這樣的湊合，越讓我膽戰心驚。

過去的類似的情境走向挫折，讓我裹足不前，我情緒的時好時壞讓我自我厭惡，我沒辦法像個廢物安然待在徐尉季身邊。

見我沒接話，他連忙解釋，「我們也不是濫竽充數……呃，不對，我們也是、嗯，寧缺勿濫的，難得遇到我哥主動提起的，夠讓我們家的人激動啦。」

「你的成語造詣，以理工科男子來看，等級很高。」

他微愣，向來明亮的眼眸有一閃即逝的黯淡，他輕描淡寫帶過，「我前女友是文學系的，被訓練出來的。」

我點點頭，抿了唇，自覺提了不敢觸碰的話題。「抱歉。」

「沒事，先說我哥的事，這個急。」

我看不懂哪裡緊急，徐尉季在國外打拼學業，他們一家人在表演，皇帝不急，急死太監。聽過逼婚壓力的，沒見過逼交往的。

「你哥……怎麼可能沒交過女朋友？連曖昧對象都沒有？」我始終對徐尉季當初的坦白存疑。

「我哥眼睛長頭頂，唸書時候覺得女朋友這個角色麻煩，拖著到自由的大學，又唸了個男女比例九比一的，就算參加球隊或社團，他也都看不上。」

這麼聽來我就惶恐，徐尉季不過是把我當妹妹一樣照顧吧。所有人都太放大檢視我們的相處了。

「徐尉季那麼好，挑剔也是正常的。」不鹹不淡接口。

「我哥那麼好，妳怎麼不喜歡？」

聞言，我飛快斂下眼瞼，深怕洩漏情感，顫動的瞳孔都是提起喜歡他的悸動。我哪裡不喜歡，很喜歡，很想念，只是終究沒有資格走向他。

甚至慌亂到忘記我不用這麼謹慎隱藏心情，因為，大概只有徐尉季能夠輕易看穿我，其他人都不行。

「妳是因為怕遠距離嗎？」不知道是不是錯覺，低沉的聲音落在「遠距離」三個字明顯僵硬幾分。

我搖搖頭，從來沒有跟人說過我的心願，我以為是很容易能夠達成，但是，在許毅身上跌了一個大跤。

「如果我怕遠距離，當時也不會明知道要出國，還答應跟前男友在一起。」

「有可能是不夠喜歡。」

胸口像是被結實打了一拳，悶悶的痛，好多人都在提醒我我根本不夠喜歡許毅，因為自己的傻，義無反顧走向他，為他浪費了時間，搞得自己一身塵埃。

「現在想來我的確沒那麼喜歡他。」我低嘆，「但是，徐子靖，我那時候答應時還是認真想過的，我一直相信著一段話，在一個知名的寫手的公開帳號看見的。」

我抬眼，定定望著他。

「那句話這樣說，我並不害怕我們暫時分開，如果好的愛情需要繞一圈再回來，到時候我也可以笑著抱抱你說，你看，你還是我的。」

這畫風好像忽然往很不得了的方向去。

我們同時陷入詭異又理所當然的沉默，只剩下我排解尷尬攪拌拿鐵的動作，伴隨攪拌棒清脆撞擊杯緣的聲音。

♥

他幽幽飄出一句話，「喊妳姐真的沒有錯。」

「……啊？」

「我就沒有妳想得成熟。」

我有點遲疑，「男生本來就沒有女生早熟，所以也沒什麼人能接受我這樣吧，我朋友都說我該去找的大我五六歲的人。」

「別別別，我哥可以，我哥就好，我哥也大妳三四歲有，妳就別嫌棄了。」

「……我是沒嫌棄。」

「那妳就是接受了？答應了？打算收留我哥了？」

我默默閉上嘴，這個人怎麼這麼難聊。

分分秒秒挖坑等著我跳。

眼見他是沒得到答案不會罷休的氣勢，混亂不安的腦袋也逐漸冷靜下來，我的心結是什麼我一直都知道，我跨不過的坎，在時間推遲下，我也分不清究竟是真的邁不過，或是我給自己設了限不去嘗試。

除了不願意帶著對許毅的餘情，即便這份情緒殘渣是厭惡，終歸是我沒有放下前任的事實，我不想徐尉季需要費力接住這樣一個殘缺的我，這並不公平。

還有，我自己明白的心理病。

我從來沒有讓人知道的。

我回國的隔天便去掛了精神科門診的號，揣著惴惴不安的心情，鉅細靡遺描述我的情況，好的時候一切如常，壞的時候像是永遠排不去的積水，有流不完的眼淚、有吐不出的鬱結，在我知覺到焦慮的時候，那些從未接納的傷心和挫敗會一股腦回到意識，叫囂著指責我，或是不遺餘力將我關在過去。

我知道的，我不是沒有能力去面對那些緊張和壓力，只是，非理性的自我懷疑壓得我無法呼吸，許多微小的病徵都冒出頭，經常不想吃東西，期末口說前胃痛到不行、接待組的上台報告讓我焦慮，看到陌生的景色讓我閃過一絲心慌，以及，沒由來的空蕩茫然。

不足以影響我的生活，但是，我知道自己不對勁。最重要是，一點也不像原本的我。

輕微的憂慮症和焦慮症，還有，一點厭食傾向。

如果不是那段時光有徐尉季，我大概會壞得更加澈底。

然而，我估計是世上最沒有病人意識的人了。

都說了這種藥不能斷藥，但我經常忘記吃，等到哪天狀況特別糟糕，特別想念與遺憾何浚的時候，特別嘲諷自己眼睛的時候，才趕緊吃藥，心理因素作用，馬上感覺鎮定。

我是那麼差勁的人，怎麼有資格擁有徐尉季。

「徐子靖，你不懂，我比你想像的更糟糕，我配不上徐尉季。」

「妳怎麼樣我確實不是很清楚，可是沒人比我哥更明白吧。」他緊緊盯著我，有和徐尉季相似的執拗，清楚看見我的倔強和固執。「我跟我哥說男生應該主動，我哥卻說，他不能確定妳是不是喜歡他。」

我猛地抬頭。

「你們都這麼不自信，我們旁觀者很累啊。」

徐子靖大口喝水，接續道：「我哥一直都是被他朋友們罵驕傲長大的，他悶騷，都得意在心裡，面對妳，他卻說了不能確定，我哥說他知道妳是依賴他的，只是這依賴不一定等於喜歡，這依賴不一定有喜歡那樣牢固。」

眼光染上霧氣，我有點不明白徐尉季的想法。

「妳看吧，我哥那腦袋繞了一百萬圈，不是只有我聽不懂，他的意思是，妳依賴他是因為你們在國外，妳沒有其他依靠，他說感覺他是趁虛而入，可能妳回來台灣，有了家人、有了朋友，就會發現其實他只是普通朋友，一個一起旅行過的朋友。」

「徐尉季他……」

他替我考慮了太多。

多到好像自己成為備胎、成為工具人都沒有關係。

當局者迷，徐尉季沒有想到的是，在最需要他的時候他出現了，這比什麼都讓人淪陷，依賴是喜歡蔓長後開始的。

我從來都沒有表示的喜歡，他跟我一樣都不敢自作多情，他甚至顧慮了我的狀態，深怕給我壓力，而我，卻因為自卑徘徊在原地。

對他好、給他希望，接受他的溫柔、捨不得他的溫暖，這樣的我，到底在做什麼？

我以為要說出喜歡一個人，需要一個強大確切的理由，卻忘了「情不知所起，一往情深」。

徐尉季這個人，我是喜歡的吧。

「姚旻姐，我說真的，妳……」

「徐子靖。」

「有！」

「我會好好思考的，你旁邊順便唸書吧。」

他露出像吃了黃連一樣的表情，被下了逐客令，只好往旁邊挪挪。

話是如此，我卻是仍然躊躇不前，蹉跎著分離的日子。

追人、告白，什麼的，我沒有一個擅長，甚至根本經驗值零。

生活風平浪靜，埋藏在日子裡的壓力都是我可以負擔的，一點亂事也沒有，明明一點風浪都沒有，我卻開心不起來，我才逐漸相信，啊，我可能真的是憂鬱症，輕微的。我的脾氣卻漸趨冷漠，所有的起伏擺盪只在無感與煩躁，沒有期待沒有興奮，嚴重得不只一個朋友用玩笑的語調，說我最近不友善。

「姚旻，說好的和藹呢！」

「妳怎麼可以去一趟德國回來這樣！你的旅伴呢！妳是不是荷爾蒙失調！」

我無語，淺淡瞥她一眼，繼續眼前的課題。覺得該說些什麼反駁，或是緩和氣氛，只是腦袋一片死白，想停止的心電圖，啞然片刻，終究是錯過對話的時機，徒然收回思緒。

這樣的漠然，以及對世界、對人際的厭惡不耐，我自己都心慌。

特別迷茫焦躁的時候、特別鬱悶脆弱的時候，格外容易想起何浚，想起何浚的笑，想起何浚溫暖，總會克制不住去播放他的聲音，最後再哭著收拾。

像日常一樣的想念，散落在生活每個角落。

其實我已經很久沒有追星了。

至少到德國的半年我沒有像之前一樣，一定要天天刷推特跟維博，不時還要追蹤幾個粉絲專頁，更不用說次他們的官方帳號。抵達德國，我有太多事情要忙、要消化，唯一沒有遠離大概是他的聲音。

每個夜晚都會重播幾次才能入睡，是其他人都無法取代的迷戀。

當我明白自己同樣患上與他一樣的憂鬱，更加能夠體會他的心情，更加能夠理解他的痛苦。然而，卻是遲了。

翻著手機裡的相簿，看見徐尉季的背影，沈寂許多時日的情緒忽然浪潮般一波波湧上來，緩慢而綿長，在胸口延續著。

他矮著身子，眉眼含著溫柔淺淡的善意微笑，跟小男孩搭話，被我眼明手快按下快門，好好收藏著。他就是悶騷啊。

平淡的面容和氣息，誰也難以想像他溫柔和藹起來是另一個模樣，一個輕易讓人沉淪的模樣。

我很想他。

那種帶著溫情與悸動的想念，跟對何浚的自然不一樣，想起何浚，是連呼吸都會感到窒息悶痛，然而，想著徐尉季，想起我們的相遇，滿滿的慶幸，還有對不起。

我擱淺在這些生命中不可抗拒的失去，成了我心中的未竟事宜，流淚了好多天、大哭了好幾回，始終沒能表達好所有情緒，我還要怎麼做、還能怎麼做，可以澈底清除那些情緒殘渣。

蒙著臉，擋住光線，難得放晴的日子，我卻一點出門的心情也沒有。

臉書的陌生訊息敲進一條對話，發現是徐子靖，我揉揉眼，深呼吸一口氣，他又要來動之以情了嗎？

「姚旻姐，妳寄過東西到國外嗎？」

「啊？」反射性回了單字音，以及不明所以的貼圖，我遲疑，「從歐洲寄明信片回來算不算？」

「……」

……這人長大了啊！不對，他本來就比我年紀大……好，可惡，居然開始敢用刪節號敷衍我了，我也是據實以告的。

「幹麼？」

「姚旻姐，這種冷笑話不適合妳。」

「我沒開玩笑，好笑嗎？笑點低，怪我？」

他倒是懂識時務者為俊傑，「我錯了，我們回歸正題，我要寄東西給我哥，應該說他要我幫忙寄東西給他。」

眨眨眼，徐尉季回德國沒多久，現在就發現自己遺漏什麼嗎？

還是重要到需要徐子靖馬上補過去的？

他不是這麼迷糊的個性。

「呃，寄什麼？珍珠？奶茶包？」

「……我哥在妳眼裡是這麼貪吃嗎！他要是敢要我寄這些，我絕對已讀他！」

好吧，是我喜歡、是我貪吃。但是，其實我蠻懷疑徐子靖到底敢不敢已讀徐尉季。

「我哥要我寄本書給他，他說他在德國買了德文版，看到頭很痛，要我寄中文版過去。」

「研究所的書啊。」

「不是，是日本文學，什麼《挪威的森林》嗎？好像是村上春樹的吧，沒記錯的話。」

挪威的森林。

心中一片陰霾忽然被照亮。

起初面對徐子靖還有點心虛，因為才跟他說會好好思考我和徐尉季的關係，會好好面對正視，如今卻依舊原地徘徊。

現在看見他說徐尉季在讀《挪威森林》，另一股不一樣的心虛又翻騰起來，我也沒看過那本書，但是，我知道他為什麼突然有這樣心血來潮的作為。

當初離開德國前，我偷偷留了許多紙條，貼在他隨手可見的地方，貼在曾經陪伴我們的《小王子》封面的是這樣一句話：「遇見你，我多少適應了這個世界。」

《小王子》是我們之間的一個聯繫，作為一本普通書籍，也是一種程度的成長故事。

徐尉季向來把我放在心上。

不管掌中的手機如何震動，我閉上眼睛，無法顧及最近的自己太容易掉眼淚，冷漠的時候太冷漠，起伏起來不是焦慮就是哭，此刻胸口是熱燙的。

原來一個人的守護，可以是你的治癒。

他是我曾經一無所有時候的唯一擁有，我一直想要守護，但是，我費力珍惜的反過來更加守護著我。

心裡總有一道聲音，前所未有。

就是他了吧。想起他時會哭、會笑，會克制不住嘴角、會心底驟然晴朗，時間是悲傷的解藥，也許，喜歡是我憂鬱的救贖。

有一個人知道妳的好，看過妳的糟糕，不責備、不嫌棄，比起無條件的包容，他會拉著妳一心向陽。

我怎麼捨得放棄。

當天晚上算好時差，掐住徐尉季應該洗好澡在床上耍廢的時間，他假日沒有課會為了穿上舒適的睡衣提早洗澡，沒意外的話，畢竟生活過一段日子。

說起來像同居，真是讓人莫名羞澀。我對自己的心情無語三分鐘。

「姚旻。」

耳邊揚起熟悉的聲息，溫柔繾綣，像是暈在鏡面上的霧氣，啞啞的、朦朧的。甚至能想像出他微動的喉結。

「徐尉季。」

刻意平靜的語調還是明顯能聽出上揚，我拍了自己的腦門，這興奮太誇張啦，他會得意起來，我輕輕咳了嗽，試圖掩蓋這一秒的尷尬。

「妳終於想起來要找我了？」

我一愣，馬上搖搖頭，這種哀怨的語氣絕對絕對是我的錯覺。

……你在等我電話？

默默將這句會有許多歧異的問話收回，解釋好了是撒嬌是得瑟，解釋不好了會墜入自作多情或欲擒故縱，人生處處有陷阱。

「我這幾天忙……」細聲細氣辯駁。

「嗯，忙到有空跟徐子靖在咖啡廳坐一下午，還是到晚上。」

「你怎麼知道……誰跟他一起在咖啡廳坐！是他自己跑來搭話併桌，我後來把他趕走啦，我是去念書的。」

「嗯，做得好。」

這人天生坑弟弟是吧。

我眨眨眼，「徐尉季，你居然沒有糾正你弟，他明明就比我老，還讓他繼續喊我姐。」

「我可管不了他，而且，他也確實比妳幼稚多了。」

徐尉季呀，打臉疼不，說你爸媽管不了徐子靖都比說你要有可信度。

還在心中替自己打氣，琢磨著該怎麼切入主題，時間拖著消耗著，不知不覺也通話一個小時，明明沒有聊些什麼重點，瑣碎日常，更新了沒有彼此在身邊的時光，我努力了什麼，他實現了什麼。

眼見台灣時間已經深夜，他中斷了原本的話題，我正聽得津津有味，歐洲的大學生跟我們也相差無幾，有埋頭苦讀的，也有思考跟火箭一樣的，當然也有雷包。

「姚旻，妳該休息了。」

「哎，你說到一半啊。」這不是章回小說吧，我還等他下回分曉。

「留著下次吧。」

「不要，你退一步也要把這個說完，差不了幾分鐘的。」

默了幾秒，他沉聲開口，仔細回味，居然還透出幾分彆扭和不自在。他的話直白又真誠，一時間，我被砸得眼冒金星，愣然片刻，耳根逐漸染上不尋常的溫度。

我摸摸臉，幸好在自己房間，室友去打工不在，紅了也不會被發現。

「讓妳惦記著，不會又拖一百年才要打電話給我。」

原來我們都有同樣的顧忌。

只是朋友的關係，我們沒有厚實正當的理由可以恣意牽起聯繫。

我們沒有辦法自然分享生活的瑣事，可能細碎到我今天找不到髮圈差點遲到、或是他追公車被沿途經過的德國爸爸調侃，可能平凡到我昨天吃了超商新上市的紅茶年輪蛋糕，回味無窮，或是他找到一間便宜好吃的亞洲餐廳。

這些三言兩語就可以隨口跟身邊朋友分享的日常，相隔遙遠的我和徐尉季，綁著朋友的身分，沒有理由一通電話為了這麼尋常索然的事。

無趣的是日復一日相似的時日，但是，與你分享便伴隨著靠近一步的期待，不可否認，感情是需要經營的。

「徐尉季我跟你說。」

「妳說。」

我望著遠方，隔著房間大片的玻璃落地窗，三樓的高度，走動在車棚的人小小的，後方的夜是深濃的，仰頭看，是沒有星星的夜晚，雲層太厚。

我終於願意正視我的陰雨。

不想再停留在要下雨不下雨、要放晴不放晴的密布烏雲。

「我明天開始要去諮商。」

對岸的聲音彷彿瞬間消失，連時間都靜止了。

我總是盡力要藏著自己的不堪，即便其實他都明白理解，但他始終沒有戳破，因此，我可以自欺欺人，可以裝作若無其事，可以繼續談笑風生。

他也許在等。

等我有一天能夠自己告訴他。

徐尉季不可能不知道我的外柔內剛的脾氣，我固執起來，沒有誰能勉強。

「徐尉季，我有喜歡的人啊。」

輕軟的嗓音儘管不自然，但是像在嘴裡化開的棉花糖，暖暖的、甜甜的。越說到後來，越小聲，我捏緊手指。

他嗯了一聲，好似從深海浮起的嗡聲，沉穩有力。

「徐尉季我是喜歡你的，只是，我們能不能……不要在一起？」

我慢慢也去接受徐尉季同樣喜歡我的可能性。

只是說出這樣的話還是讓人膽戰心驚。

也不知道是害怕「姚旻妳別臭美」，或是「是不是因為不夠喜歡」，無法釐清究竟哪個擔心成份多一些。

難耐的沉默讓人焦急，喉嚨與嘴唇都發乾，我起身要給自己倒水，好聽的聲音猝不及防劃破凝滯，我頓了動作。

「姚旻，我喜歡的妳也許對妳來說不是最好的妳，不是妳滿意的自己，我懂妳的顧慮，所以可以做到不催促、不主動。」

我抿了唇沒接話，抬手耙了耙頭髮，我聽懂他的意有所指，可以做到不催促不主動，然而，徐尉季他有但書。

「既然妳都面對了，我怎麼可能置身事外。」

「徐尉季你不知道……」剛開口，立刻發現不知道什麼時候，已經哽咽。有些過往想起來就悵然到令人傷心。「以前的我比較可愛，現在的我很難搞，脾氣很差、不喜歡說話、懶得出門、討厭社交，而且一個人的時候一邊感到放鬆一邊又想哭……這樣的我、這樣的我我都感到麻煩了……」

我最自信美好的時候是大二。

褪去初入大學的青澀傻氣，維持著美好的友情、擁有契合的室友同學、拿得出亮眼的成績，選上親善大使的組長，出席交換生接待活動也人見人愛，我最好的時候終究是錯過了。

沒能用最好的我與你相遇。

我一直感到遺憾難過。

然而，抵達德國的我一直是顛簸狀態。前半段時期受困分手，恢復單身總得需要時間適應，這不是太大的跌宕，不過是初來乍到的辛苦讓我經常焦慮，徐尉季遇見的我，不好不壞，不可否認，剛分手的心境讓我誰稍微親近一些就彆扭。

後來的我，像正弦曲線，停在波谷的那種，一點點的好轉似乎都只是為更大的跌落作準備。從知道許毅無縫接軌、迴避的朋友到信仰一般的何浚驟然離世，前一次傷口尚未痊癒又添新傷。

在徐尉季面前我是越來越不可愛不討人喜歡的吧。曾經以為他的沒有離去是同情。

可是每個低潮他都在，是我沒辦法忽視的存在。

「姚旻別哭。」每次我哭徐尉季總是會慌張，就算他努力故作鎮定，依然能感覺出來，沒有說得出來的依據，可是我就是知道。所以我總是害怕在他面前哭。

那傾盆大雨的十二月底與新一年一月，我儘量躲起來哭，儘量忍住不在徐尉季面前觸動與何浚有關的。

「對不起……我也不想哭……」我吸著鼻子，眼鼻通紅一片，聲音軟軟，模糊不清，「徐尉季我不喜歡現在的自己，你、你可不可以不要喜歡現在的我……」

這麼無理的要求應該只有我提得出來吧。其他人怎麼樣我不知道，至少依照常理，兩情相悅的時候，多數人希望能如願以償，估計只有我是把對方推開。

「姚旻，妳覺得妳現在不好沒關係，我陪著妳慢慢變好，那我也會越來越喜歡妳吧，這樣不是一舉兩得嗎？」

「再說，我真的從來沒有覺得妳不好，每個過去的妳妳都留不住，成為現在的妳一定有它的道理和經歷，不論好壞，那些我沒參與到的過去，妳想放下也好，想記住來警惕自己也好，都可以慢慢說給我聽。」

徐尉季很少說這麼長一段話。

我知道他有多認真要傳遞他的意思。

我更知道是我繞不出給自己下的死結，類化所有失去、過度貶抑和責備自己，鬱悶到要喘不過氣，我壓著胸口，閉上眼睛，任由眼淚滾落。

「你這是什麼、什麼操作……我說一句而已，你回那麼多句，還我眼淚來……」

他似乎鬆一口氣，語氣也輕鬆暈出笑意，「別哭了，不然我不知道怎麼還妳，我國中後就沒有哭過了。」

「徐尉季你趁機嘲笑我……」

「不敢，眼淚擦一擦吧，知道我不在，還趁機哭，要我著急嗎？」

「才沒有……」吸了吸鼻子，趕緊憋住情緒。
「姚旻，我好不容易等到妳向前一步，總不能幾分鐘內馬上又看妳縮回去。」
「我不是烏龜。」
「嗯，不是王八。」
聲音裡還有濃濃的哭音，卻是已經止住眼淚。「徐尉季，說話好聽點。」
長長嘆出一口長氣，是釋然，也是擔心。徐尉季的聲息隱去一些調笑，顯得低沉真摯，拂過心尖，撫平輕顫的躁動。
「以後去諮商前都記得告訴我，回來也要告訴我。」
忘了他看不見，我歪過腦袋，困惑的聲音因為哭過變得黏糊糊的，「你想知道我說了什麼？」
「妳想說就告訴我，我聽著，妳不想說，我就陪著，換我來說，我總能找出幾件尋常的事讓妳笑笑。」
鼓起勇氣才願意去諮商，面對自己的情緒問題與錯誤認知，毫無保留的傾訴向來是具有威脅的，可是光是吃藥總是治標不治本，我也會對吃藥便嗜睡的自己感到煩惱，我要好起來啊。
說我喜歡你還是有點不安的，說我愛你卻是過分沉重的，我想說，徐尉季，我想跟你一起努力。能努力的就去嘗試吧。
有時候哭得特別慘，會好好去吃一份甜點，或是到操場慢跑幾圈，平復情緒才給徐尉季打電話。只是總是要有些成長吧。

以前的我大概哭完就裝作沒事，如今會試著解釋自己的情緒給徐尉季聽。說來都覺得小題大作的尷尬反應，徐尉季總是表現得雲淡風輕，不會面質我，也不會指責與糾正當下我的情緒反應，不覺得我神經質。

「徐尉季你別太寵我。」我忍不住抱怨。

不想要心理疾病淪落到我向他任性的藉口，時間久了，予取於求會讓人不知不覺上癮。

他倒是隨意，「這樣就叫寵了？我們還在遠距離，我都照顧不到妳。」

又說回這份上，我就不能不撒撒嬌了，我們都不是害怕分離的人，只是，這坦白在一起的時間點很不對，我說可以捱到他回來，給他後悔時間，他卻是沉默幾秒，冷哼說是我才時時刻刻想著後悔。

聞言，我哭笑不得，這種偶爾的稚氣彷彿叫反差萌。

「哎，我沒朋友啊，需要男……男朋友陪聊天。」

有一瞬的停頓，聲音越到後越細聲，我咬咬下唇，明顯感到臉頰燥熱，眼前似乎恍惚起來，原來我們也走到一起，儘管已經一個多月，還是像是夢境。

我們通常是語音通話多，如果是諮商的日子，都是在我回宿舍路途，掐準他正好起床的時間，如果不是諮商的日子，就是我睡前時刻，疲倦的時候掛著耳機直接睡著的事也不是少發生。

但是我們並不是消耗一兩個小時在打電話，聽過有些朋友的遠距離關係是會通話數小時，一面做著各自的事，我們都不喜歡這樣的模式，覺得沒有品質，不論是說話或是做事讀書。

「累了就睡了，姚旻。」

「徐尉季你變了，才講十分鐘你就急著掛我電話。」徐尉季不只說過一次，過去旅行時候也說過，我每到嗜睡就會幼稚。

「姚旻，妳又變三歲小孩。」

「你看，還嫌棄我智商。」

他沉沉笑出聲，像是深海竄出的涼意，被陽光照得溫暖，拂面而過，將慵懶的睡意捲得越發膨脹。

「不敢，選了二十幾年才選到的，不嫌棄，智商低的時候別被騙走就好。」

這話乍聽沒什麼對勁，我揉揉眼睛，總覺得他又趁機損我一把。

「……徐尉季唱歌給我聽。」

「姚旻妳這思想很跳躍。」他失笑，接口，「我一個人獨唱幹麼？妳跟我一起？」

「唔，我五音不全。」

「嗯，等我回國，一起去ＫＴＶ。」這人多不厚道，隔天清醒後回想才無語的傳了貼圖給他控訴。

「徐尉季你要哄我啊，我明明很好哄。」

「嗯，是很好哄。但是，是誰在前幾天說不想要被寵壞的？」

噎得說不出話，「……不管。」

「睡吧，姚旻，我唸德文給妳聽吧。」

德文呀，唔，徐尉季的德文最好聽了。

好久沒聽見，全德文的環境、徐尉季的德語讀書，我微微闔上眼睛，蹭了蹭枕頭，舒適喬了好入睡的位置。

「好……徐尉季念書給我聽，課文、故事什麼的都可以。」

先是窸窸窣窣翻書頁的細響，接著是徐尉季溫和沉朗的嗓音，低低的、啞啞的，藉著耳機出來的聲音，倒像是耳鬢廝磨。

很快，我睡得很沉，隔天醒來發現通話沒斷，能傳出徐尉季沉穩的呼吸聲，我還有點懵，後知後覺紅了臉，彷彿他就在身邊、彷彿回到沒有紛擾只有我們的歐洲。

我不捨按掉結束通話，不願意吵醒他。

半晌，我輕聲道，「徐尉季，晚安。」

後來，問了徐尉季才知道，他經常隨手拿書就來念，不是航空學，就是什麼我連名字都記不清的教科書，難怪我都聽不懂，而且入睡更快。

再一次面對面見到許毅是學期即將結束某個假日。

老實說，偌大的城市要遇到並不容易，但是他是開車上學，在校內看見他的車呼嘯而過的機會認真說不少，曾經刻意記憶的車牌號碼，現在卻是巴不得搞混弄錯。

有次還是看見他停在學院門口等學妹下課，似曾相識的相處畫面，讓我遠遠便愣住，思緒有一瞬的斷裂。

咬咬唇，目光越發清淡，我還是會感到諷刺、感到噁心，感到遺憾人生有這麼一個跌跤，但是我也感謝，也學著釋懷，明白世上總有一些人會教會你認清什麼是妳真正想要的或是不想要的。

隔著再尋常不過的街，人來人往多是學生，當時我與徐子靖約好去書局，陪他挑德文課本，這人心血來潮要學德文，搞得我跟徐尉季十分困惑。

他倒是一臉正直的回答：「你們兩個都學德文的，我怕以後會跟不上你們說悄悄話，必須學來聽八卦。」

我無語，「你就不要三分鐘熱度，德文沒有日文好學，也不好練習。」

沒有什麼環境能耳濡目染，也沒有許多流行的劇或歌曲能追，文法和單字埋頭苦讀是可以練起來的，口說就不好成功了。

停妥機車，我摘下安全帽，視野中立刻竄進徐子靖開朗的俊顏，站得筆直挺立，雙手隨性兜在長褲口袋，觸及我的目光，他揚了眉，當作招呼。

正要感嘆他笑得真好看，很像徐尉季，但是差那麼一點，眼角餘光被一張熟悉的臉孔晃了精神，我偏了頭看過去。許毅。

還有學妹，他的現任女朋友。

察覺到我的失神，徐子靖順勢望過去，沒什麼理由的，他皺起眉，總覺得前面的人來者不善，來回瞧了我與他兩眼，嗓音溫涼，猛一聽很有徐尉季的味道，高傲疏遠，我掐緊手指，加深眼底的笑，刺骨的冷漠與諷刺，顯得格外驕傲。

都是在相互打量。

「怎麼了？」

學妹眼光一縮，下意識往許毅身邊靠近，黑框的眼鏡沒有遮住她的無辜，隔著鏡片閃閃發亮，帶著一點佔有宣示意味的拽著他的手臂，許毅的雙眼閃過一絲堂皇。

「沒事。」

我與徐子靖同時收回視線，他極紳士的搭了我的肩，低沉的聲音主宰凝滯的空間，從容不迫的模樣流露自然的自信。

「嗯，也沒什麼好看的，走吧，姚旻，別浪費時間。」

第一次聽他正經喊我姚旻，先是一怔，眼底漾起笑意，一層一層蓋過漫溢的涼薄，我也許做不到澈底釋然或是與我無關，但是，沒有他我過得更好這樣的展現，還是大大滿足我的虛榮，削減我的不甘心。

與他們擦肩而過，許毅突然向前兩步，無力的抬了手，像是要攔住，又像是頹唐，我眸色冷然，不鹹不淡瞥過去。

徐子靖手腳更快，馬上跟我換了位置，彷彿將我護在懷裡，實際卻是隔著一段距離，他低笑著說我哥會吃醋的。

我忍住沒翻白眼，踩著輕快的步伐，越走越遠。有太多時候我們會感到難堪、會感到洩氣，會懷疑自己是不是還有力氣走下去，然而，驀然回首，我們已經不知不覺走了很遠很遠。

「前男友？」

走進書局，徐子靖才幽幽開口。

我眨眨眼，「不然會是女朋友？」

「姚旻姐之前的眼光可真不怎麼樣。」他嫌棄的撇撇嘴。

「你哥最優秀了好嗎。」

「當然，我哥連跟他比都不屑。」看就知道他沒專心在買書，隨意朝著書皮摸過去，一面開啟其他話題，「我還是很好奇，所以其實不是遠距離的問題，妳跟我哥就好好的，明明一樣都是有時差。」

他回頭認真盯著我，「真的不會吵架、吵到分手什麼的嗎？」

「……有你這樣期盼自己哥哥分手的嗎？還在他女朋友面前說，而且，你之前不是這樣說的吧？」他也是湊合的推手之一。

「沒有，我是真心誠意在請教。」見我依舊十分質疑的目光，他趕緊接口，語氣沉沉，有不同於平時的樂觀，「妳知道的，我是因為遠距離跟我前女友分開的，所以一直很想弄清楚怎麼會走成這樣、或是想知道到底怎麼維持的。」

話題不可避免往嚴肅的方向去，我抿了唇，腦子也一片混亂，不知道該從何說起，猶豫片刻，壓著太陽穴道：「先把要買的書買了，再去隔壁咖啡廳坐。」

到底是什麼樣的相處模式，我跟許毅走到翻臉，卻是跟徐尉季捨不得冷戰捨不得吵，讓我一直以來像個小孩子一樣依賴。

腦中只閃現這段話。

Always together never apart maybe in distance but never in heart.

相隔的是時空，不是兩顆心，我們會像是從未分開。

♥

「我們都有各自的事情要忙，然後時間總是對不上，很難約會，約好見面的時間也常常又臨時告吹，她的朋友說沒有真的忙只有想不想要見面，我朋友說她要這樣倒不如養一隻狗，她覺得我變了，我覺得她無理取鬧，很多朋友卻是說……」

「只是沒有那麼喜歡了。」

徐子靖猛地抬頭看我，手中的飲料杯撞在桌面，發出沉響，他恍若未聞，望著我點頭如搗蒜。

再深再甜的喜歡會堆疊，自然也會不敵時間與爭執的消耗。

我和許毅也是如此。

體貼和信任總是做起來十分困難。

「有些人會把不關心、不慶祝節日當作老夫老妻的相處，認為那些溫暖的話和撒嬌是熱戀期，我覺得不是的，我覺得那只是把一切看作理所當然的藉口，如果可以經常見面就算了，遠距離的只能從這些日常細節得到安全感。」

「妳說偶邇來個甜言蜜語嗎？那樣不會太膩嗎？或是，有點敷衍和不真誠？」

「所以總是說啊，愛情是需要經營的，每個人的相處和個性不同，是你們之間要協調出一個適合彼此的。」

徐子靖擰緊了眉，「妳跟前男友就是沒有協調出嗎？」

「因為協調不出來，我們差太多。」

我知道總有一天我需要理智面對。

我偏過目光，避開他的探視，沒想到要必須再提起許毅，而且還是在徐子靖面前。

「他本來就黏人，還在學校的時候沒感覺，因為很容易見面，開始吵架是暑假，我忙著打工，他回南部阿嬤家，我已經把排休的時間都給他，空班時間忙著念德文，他卻怪我不回訊息、回訊息慢，我們每次爭吵，他最後都會歸因於是我們沒有共同興趣……」

「這是什麼樣神祕的歸納推理？」他忍不住插話。

我聳了肩，感覺自己嘲諷的笑了下，「所以每次都說我們必須想一個解決辦法，現在立刻馬上的那種，他可能以為這是表示積極和在意，但是有些疙瘩是需要時間的，我跟他說過，他卻還是那樣。」

「什麼疙瘩？」

「哦，其中一個是他對我說謊。」毫無疑問見到徐子靖眸色裡的詫異，我扯了嘴角，「我說過他不是我的理想型，我也解釋過大多數交往對象不會是理想型，他不認為我是因為忙碌和疲憊所以慢回訊息，懷疑我不那麼喜歡或是追著我跟男生同事的相處，所以他做了很蠢的事。」

深吸一口氣，時隔無數個日子，我還是有點難以啟齒，替他覺得丟臉，也替自己覺得氣惱。

徐子靖像是怕我氣到腦充血，推了檸檬水給我。

「他故意裝作冷漠，不按貼圖、延遲回訊息，或是回覆很簡短，因為我說我看小說都會喜歡高冷男，這些都是他後來跟我承認的，他當時還說這才是他的真正個性，那個很幼稚很黏人很柴犬形象的他，是為了要追我、更快靠近我，我整個無言。」

「他這想像力可以當編劇了，自以為男主角嗎？」理科男子的徐子靖咋了舌。

「反正越說是越傻眼，他實行沒幾天就滿滿流露本性，最後才在我的生日卡上道歉，我說我需要時間好好想，他怕我想著想著就提分手，就一直說我們要一起想辦法，老實說，我那時有一瞬間想分手，就一瞬間，但是還是覺得我們可以好好過。」

「姚旻姐，妳也太委屈自己包容他，不，我是想說一句妳傻。」

「所以說喜歡和感動是會耗盡的。」

我的錯大約是沒那麼喜歡便答應交往，那些萌芽的喜歡和輕淺的感動，在這些不適合中碾成灰。

「沒那麼難，但是也沒那麼容易，我這個例子算是特殊的了，徐子靖，我自己覺得，遠距離怕的是不知道彼此的狀況，生活圈越差越遠，也怕變得計較付出，計較誰妥協的多，喜歡應該是不計付出，只因為值得。」

我招來服務生，請他送兩份鐵觀音口味的年輪蛋糕，沉重的話題和反省總是要來份甜食慰勞和舒緩一下。

咬著叉子一端，我溫聲接口，他的表情有點凝重。「我也不是馬上就理解的，我也在分手後有一段撞牆期，我和很多朋友聊過，當然，也有像你說的那種，替自己出氣的，但是也會有跟我理性分析的，每一段沒有完美的感情，都要有一些成長才不會浪費呀。」

我很能理解我跟許毅走成這樣亂七八糟發展的原因，我並不是因為這樣討厭噁心他，是認知到我和他的差異不是經過時間可以磨合的，決意分開。

讓我難以接受的是他後來的行為，為什麼要這麼渣呢。我斂下眼，隱去難以克制的自嘲。

「我原本一直想要復合，認為我們之間只是太忙才疏遠。」

我清楚瞧見他深邃的眸光露出有點違和的迷茫，他們之間的問題只有他們最明白，不論旁人說多少，或是當事人做再多描述，我們這些旁觀終究是不會知道細膩的冷暖。

「現在呢？」

「像姚旻姐說的，有些問題和感受，不是一昭一夕可以解決的。」他沒什麼形象的伸了懶腰，舒展擰緊的眉，「大概是有點釋懷吧，姚旻姐，妳跟我哥可要長長久久啊。」

然而，人果然不能鐵齒，馬上就真香了。

週六立刻跟徐尉季鬧了彆扭，以我們的個性和相處模式，大概可以算上吵架。

「她會不會太常標記你了？」

「誰？天津人？」話題轉了畫風，他一時沒有反應過來。

聽他不放心上的回應，我沒有因此鬆口氣，反而是更煩。

已經不是一次兩次，少說也有七八次，徐尉季這學期課程新認識的天津女生經常在徐尉季的生活裡刷存在感，臉書上看見有趣的影片標記也罷，甚至標記在愛情語錄，看見台灣的美食標記還說等你煮是什麼意思？

我自認不是容易吃醋的，心裡都湧起不舒坦，忍了幾次的過程中有告訴Jack，他當然建議我直接跟徐尉季坦白我的感受，我總是安慰自己只是意外，安慰自己徐尉季沒有回覆，不要庸人自擾。

Jack倒是站著說話不腰疼，「終於遇到一件會讓妳在意的了。」

「……閉嘴。」

過幾天馬上付出代價，我也不懂，開口承認自己很在意有什麼困難，每當鼓起勇氣要提，最後，終會笑著沒事帶過。

我壓著煩躁，「她不是很常在臉書標記你嗎？這次連ＩＧ都標記了……你、你沒看見，她用的照片是你的背影嗎？」

「我沒注意，她剛好住在我樓上，我隔壁房間的是她的同鄉，她就常來，每次都會看見她們在公共客廳，昨天我剛好要去超市被她們遇上了，所以才一起去。」
他似乎找到貼文，他的聲音依舊沉穩好聽，染著無奈，「那照片應該是去的路上拍的，她不知道怎麼找到我的帳號的，我去告訴她別這樣。」
他都這樣解釋了，我還能說什麼嗎？
說什麼不都是蠻不講理的無理取鬧嗎？
「……算了。」我洩了氣。
「姚旻別生氣，是我錯了。」溫軟的聲息敲在胸口，複雜的情緒悶著，我也解釋不清我怎麼就突然這麼在意。
是因為積著很多委屈和醋意嗎？或是，我受困在什麼矛盾？
壓著太陽穴，狠狠皺起眉，一抽一抽疼著，昨天難過得頭髮沒吹，今天騎車又吹了風，報應得超級快。
「……是我反應大了，我先掛了。」
「姚旻。」一向來從容的語氣流露焦急。
「我……是我的問題，Jack說得對，我應該一開始覺得不舒服就跟你說，不是像現在，我不想把負面的情緒都給你，是我不對，你讓我冷靜一下吧。」
「妳告訴了其他男生，但是不告訴我，我可以理解成妳需要有其他人的意見，可是姚旻，我說過，妳想問什麼、妳介意什麼，都可以直接告訴我。」

「我知道，但是我就是……」

「對著我妳沒辦法說，對著他妳可以，因為他是哥們對嗎？」明明是咄咄逼人的語句，徐尉季說來卻是聽不出情緒，沉得讓人驚心。

聽不出他的喜怒程度便猜不出他的思考，我默了聲，許久，低聲打破兩人之間的凍結，抿了乾澀的唇，莫名心虛，還有緊張。

「不是什麼關係的問題，是我自己……」我的個性很難做到示弱呀。

不是隨便帶著笑的撒嬌，認真起來我便跨不過那個坎，不知道該用什麼開場與口氣向徐尉季說。

他是男朋友啊，我明明可以更相信和坦承的。

「不要總是怪到自己身上，姚旻，我不喜歡。」

那個不喜歡彷彿壓垮我最後一根理智，儘管告訴自己沒有其他意思，那三個字卻在腦中放大再放大，淹沒所有思緒。

我閉上眼，決然摁斷通話。下一秒就後悔了，可我也沒勇氣回撥。

埋進被窩裡大哭，無聲的，但是淚如雨下，不知道時隔多久，我才搖搖晃晃下床，喝溫開水潤喉，提前吃了晚餐飯後該吃的抗焦慮藥丸。

又倒頭回去睡，再次清醒，大片玻璃窗外的天色已經漆黑，一時間分辨不出時刻，開了手機確認時間，同時看見三通未接來電，兩通是一個小時前，一通是半小時前。然後，原來我睡了三個小時。

躊躇片刻，我主動回電，聲音有哭完的哽咽，也有睡醒的啞。

「徐尉季。」

「哭過了？」

自然騙不過他，我嗯了一聲，擰了擰鼻子。

他的聲音在耳邊，像暖風，「那還生氣嗎？」

我搖搖頭，驀地想起他看根本不見，啞聲也要堅定聲明自己的立場。「沒有生氣……我也不是生你的氣，我氣我自己為了這點小事生氣。」

「對我來說，妳介意的就不是小事。」

「嗯。」聽著又想哭了，我這淚腺讓人心累，能不能別這麼發達……

聽我呼吸穩了，他徐徐開口，「姚旻，妳吃醋我很開心，但是讓妳焦慮、讓妳難過的事情，還是不要好了，我剛剛說話不好聽，我道歉。」

他語帶嘆息，我好像可以想像他揉著眉心的小動作，「我沒有不喜歡妳跟Jack要好，他有女朋友，知道拿捏分寸，說話也很有道理，我不擔心，我是有點遷怒了。」

「遷怒？」

「該生氣自己的人是我，我沒做好才讓人有機可趁，出現一些小事來煩妳，我也沒及時注意到，讓妳生氣難過很久，我剛剛說話沒有考慮妳的脾氣，讓妳掙扎怎麼告訴我……」

「……你知道嗎？許毅會因為我不吃醋對我生氣，覺得我不夠在乎他。」

我打斷他的話，話落，他有了約莫一分鐘的停頓，嗓音如水，像是自深海翻湧出來，沉沉穩穩，又帶著些微冷意。

「我不是他，也不會變成他，妳所擔心的都不用擔心。」

我搖搖頭，「我不是容易吃醋的人，所以遇到這樣的心情我很猶豫，也很不能確定，我怕我是因為過去的經驗所以故意變得苛刻，我忍著壓抑著，是還有這個原因……」

他的聲息遠遠飄來，「姚旻，做妳自己就好，我也不喜歡被拿來比較，就算比贏又如何？贏他還不值得我高興。」

最後一句話說得驕傲又自信，我一愣，破涕為笑，空氣中的低迷總算消散一些。

「我儘量。」

「妳知道為什麼之前我一直要妳去考駕照嗎？」

「唔，多一張證件。」

「……妳記得我們當初怎麼說的嗎？」

我們當初，我和徐尉季當時聊到這個話題，我生日滿十八歲時候已經機車駕照改制，改得冗長困難，我索性宣示不考，我生活的城市大眾運輸很發達，遇上懶惰的日子就要賴讓朋友來接。

後來跟許毅交往，也幾乎都由他汽車接送。

我玩笑的口吻提起，眼光裡卻不帶笑意，我說：「我前男友都說要把我寵成廢物，說路上很可怕，他載我就好，怎麼到你這裡完全不一樣？」

那時候徐尉季清亮的眸光深邃，那是我第一次直白將他們做比較，話出口我就有點後悔，深怕他生氣，他留著餘地，揉揉我的頭髮，「妳以後會知道。」

我接上話，「你現在要告訴我了？」

「要妳想清楚是沒有指望了。」他低笑，「姚旻，我們都知道，我們不可永遠不分開，現在就是個例子，我希望就算我不在，妳也可以把自己照顧好，回到我身邊後再盡情對我哭、對我任性。」

「你就不怕我堅強過頭，就不需要你了？」

或許許毅是有這個顧慮吧，他總希望有一部分他是勝過我的，可以照顧我的。

徐尉季不愧是徐尉季，還殘留著前一句話的溫情，下一句話轉得略帶威脅。

「妳試試看。」

「……你這是恐嚇嗎？」

「姚旻，妳真傻，這是我要擔心，妳都替我擔心完了，我要做什麼？」彼岸傳來他撕開奶茶包的聲音，衝下熱水然後攪拌，他的聲息彷彿都要染上一絲甜味，「我一直覺得一段愛情除了喜歡和信任，還要有對自己的信心，妳在外放飛自我，我當妳累了會想念的歸巢。」

♥

一年後。

餘音繞梁的鐘聲鼓鼓，迴盪在這座童話城鎮，沉甸甸的渾厚力道聽來十分踏實安心。熙來攘往的熟悉廣場，我踩著磚頭地面跳著，一面沒什麼靈魂的望著成群的鴿子。直到一道頎長的身形自萬頭鑽動中走來，我露出笑顏。

「徐尉季你好慢。」

他敲了我的頭，沒計較我的沒大沒小。將熱騰的煙囪捲遞給我。「吃吧，順便暖手。」

我們又回到了布拉格，當作我的畢業旅行。

徐尉季生活學習的城鎮，我一生最盲目喜歡的地方。他在威尼斯給我留下「徐徐朝我走來」的身影，我掙扎著要回去相似的夕色，或是讓我抱著遺憾的天文鐘。

終究選擇長留這個我們同樣眷戀的國度。

「你猜當時我在教堂許什麼願？」

他沒看我一眼，「身邊的人也喜歡我？」

我無語，這人的臉皮隨著年紀增加不斷增長呀。「你怎麼這麼不要臉，我是許我要面試過德文翻譯的工作。」

「那妳猜我許什麼願。」他不置可否，反問。

「研究所順利畢業？考試機師？」

他瞇著眼睛笑，眼光裡傾瀉著暖意，伸手將我摟緊，腰間傳過電流似的酥麻，我眨了眼，努力裝作不害羞的模樣。

徐尉季抵著我的額頭，「都不是，那些努力就可以達成的，拿來祈求太浪費，我說了我好像有點喜歡妳。」

「哎？」

「言外之意就是。」他湊到我耳邊，溫軟的嗓音拂過，要不是被他扶著腰，有點腿軟，我帶著水光的眼眸籠上羞澀，他似乎覺得有趣。「希望姚旻也喜歡徐尉季。」

氣息拂過的每寸肌膚起了疙瘩，我將臉埋進他胸膛，聲音低到快要聽不見，「唔，那我們都成真了。」

「嗯，真好。」

有一段時間我很熱衷喊他徐徐，就算被彈額頭說沒大沒小，依然樂此不疲。

在水都威尼斯，充滿拱橋的城市，他披著黃昏暖色走來，從此成為我心底的軟肋。

往後他每次堅定靠近，唯有在布拉格的記憶可以勝過深刻，我如何糟糕或無理取鬧，他願意哄著陪著，就是傾心。

番外

前幾年，姚旻還是過得不算好，雖然有徐尉季在身邊。

德文出版的翻譯工作並不是特別穩定，姚旻另外找了一份國際飯店的櫃台工作，錄取的當天確實很高興，因為她的語言能力和學習經驗依然不容忽視。但是鄰近初次上班的日子，姚旻躲起來哭了好幾次，因為自我懷疑的緊張，讓她頭昏腦脹。

她的焦慮感閾值仍然要平常人低許多，經常因為瑣碎的挫折和預期之外陷入低落，她依靠著藥物才能好好入睡，並非說她有失眠問題，相反的，她許多時候嗜睡，如果不是靠著喝茶的咖啡因，精神很難好好集中，夜晚她能很快入睡，只是多夢且易醒，早上醒來總是彷彿沒睡覺的頭痛，反反覆覆挑戰自己的生理，她才終於在徐尉季面前痛哭失聲，承認自己暫時離不開藥。

狀態大起大落，旁觀者不時會念她幾句是完美主義，她從拼命解釋與否認，後來卻是揚起疏離端莊的笑，一笑帶過。

她知道那不是完美主義。

她知道她對自己的苛責還是太重，是因為對自己失望透頂的自卑，而這些都是鑽牛角尖似的貶抑。

初入飯店有許多事物要學習，訂房的系統、客服的回覆、與客人的應對，以及許多細節，她理所當然會犯錯，儘管是無傷大雅的過錯，像是忘記將信用卡簽單給予客人、客房鑰匙沒有及時放回原處或是一次盤點的時候錯了一個數量，上級或同事並沒有責備，她卻是徹頭徹尾將自己唾棄一遍，發瘋似的覺得不如辭職。

理智上她知道這是輕描淡寫的事，情感上她卻不能接受自己沒有做好，老是蜷在床上承受自己滅頂的指責。

「有時候都會有撞牆期啦，我之前也連續兩天日結錯，好險搭班的人幫我再算一次。」

「這沒什麼，在群組說是為了讓大家都知道這件事，不是只針對妳說，這件事大家都有可能疏失，所以我才會在群組提醒。」

「放輕鬆放輕鬆，我上周也因為進貨單放在櫃檯桌上被罵，我也會做錯啊。」

她知道，她明白，但是這些力道都不足以動搖她負面的思考。

姚旻的自責說不出口，因為她的同事們與前輩們都寬慰著她，如果她如實的將對自己的失望說出來，只會得到更多的安慰，這些不會讓她釋懷，反而讓她感到她何德何能。

她憑什麼得到諒解？

她總認為自己在工作上是幸運的，因為上司們都很熱切積極的教導她，並不是那種沒有原則與紀律的人，不會仗勢欺人也不會怕妳功高震主，有氣度也有堅持。所以，思及此，她更加覺得對不起。

大多時候，她是喜歡這兩份工作的。這種喜歡和喜歡徐尉季、喜歡ZION是不一樣的，是帶著妥協帶著責任，是有很好，沒有也沒關係的感受。

上班的日子她還是會感到深刻的厭世，只是她也可以做到不表現得死氣沉沉，她也可以在裡頭找到成就感，只是終究不會帶來快樂，只是生活裡的例行。

她必須去做。

姚旻突然前所未有的熱烈追星，不光是專輯要買、周邊不能少，她搶演唱會票與見面票，她砸錢參加簽售會，她做足了許多人眼裡對迷妹的刻板印象。

徐尉季對此並沒有不高興，畢竟姚旻確確實實花費的是自己的薪水，如果這是她近期獲得快樂的方式，他沒有道理去掐滅，只是他還是有擔心揣著沒有說。

姚旻坐在電腦前，撐著下巴，將滑鼠按得極快極響。

「怎麼了？」姚旻渾身都是陰霾的氣息，徐尉季忽視不了。

「簽售會隔天公司有一個會議，主任要麻煩我去當口譯，英文的。」

「嗯，接著說。」

緊張是一定會的，但不會來得這麼早，徐尉季十分了解，前兩天就得要開始注意她的胃痛反應，現在顯然是別的煩惱。

「簽售會結束的時間很難估呀，我怕買的航班不對，不提早買又怕沒位置，買錯了來不及也會很慘，趕不回來的話我就完蛋了。」

「用上一場的時間估也不行嗎？」

「當然是可以，但是總是怕意外，因為我答應了工作就是完全不能耽誤吧，航班也不是跟高鐵火車一樣簡單可以買和搭乘。」

這次真的有點棘手了。

徐尉季將她抱過來，讓她坐在自己腿上，認真盯著她，一時半刻沒有說話，姚旻煩惱著，竟然也沒有像平常一樣害羞。

空間裡只有風扇的輕響，既靜謐又凝滯。

「工作的事，除了妳沒有別人可以嗎？」

「……沒有。」她低著嗓，「這次沒有，另外兩個也是外文系畢業的同事一個接了其他工作，另一個那天家裡有事，很早就排休了。」

事實上，就算有人可以替代，姚旻也會因為拒絕而深受自責困擾，無法達成別人的請求與期望，對她來說無疑是一種殘害。

她與徐尉季形容過那樣的感受，她告訴徐尉季為什麼車禍當晚她的心態崩了，那是她開始吃藥後第一次強迫意念似的想死。

她造成別人的困擾。

她成為別人的負擔了。

這樣的想法在腦中不斷膨脹，不斷膨脹，最後裂開的是她的理智，她在病床上泣不成聲，當時只想放下所有責任放下所有羈絆放下所有，放棄自己。

姚旻淚流滿面，顫顫抖抖的發了訊息給主管告知他因為車禍要請假，語句刪刪減減許多次，默數三二一後才敢一股作氣發送，但是馬上鴕鳥心態的關閉訊息提醒。

沒料到主管卻是直接打電話過來關心，她永遠不會忘記主管笑著罵她三八，問她會什麼需要道歉，她都已經受傷了，就要好好休息，直接休假三天，否決了她第二天就要復工的歉意。

姚旻在徐尉季臂彎裡哭得亂七八糟，除了感動，還是有很多的愧疚。

徐尉季多了解她，一路見她蹣跚走來，摩娑著她的臉頰。

像是下了很大的決心，「如果不去簽售會呢？」

姚旻一哽，明明知道會傷害他，卻仍舊冷硬說出口，「我會死。」

在許多人耳裡荒謬的話，徐尉季知道，想死的感受不是誇大。

啞著嗓，「姚旻，我很多時候，又生氣又心疼，也無可奈何，我比妳自己還要愛妳，我那麼用心守護的人，妳卻總是想要……殺死她。」

這是他們第一次面對姚旻偶爾會有想死的意念。

「你不懂……你怎麼會懂……我不知道怎麼快樂了，除了追星我感受不到快樂，我喜歡你、我想跟你一直在一起，可是我還是很常覺得很累，覺得人生沒有意義，每天醒來我都沒有期待，我每天都不想醒來……」

醒來的這個世界，沒有何淩。

那年她經歷的所有失去並沒有過去，在時流裡滾著，成為碩大的雪球，而何淩是裡頭最清晰的圖像，因此，每次想起他，她都痛得渾身不對勁。

「我想去見他們、我只想去見他們……」

默了片刻，徐尉季摟緊她，扶著她肩膀的力道像是捏緊她，深怕她會消失。「姚旻。」

她只是哭，她只是捨不得也不敢放棄。

她也知道，只要不去簽售會就好了，理智的成本利益來看，轉賣也不會虧，她也不用精神緊繃，不用時時刻刻焦慮難安，可是她怎麼說服自己放棄？

失去，這件事一直是她心底最大的議題。

「姚旻，不是每個人都會像他一樣突然消失。」徐尉季說出口的聲音也在顫，染上哽咽。

他。

他們一直以來避而不談的話題。

儘管ZION重新活動了，儘管他們的回歸也會重新帶來屬於他的記憶，與他有關的話題，至少，姚旻與徐尉季沒有好好談過。

姚旻以為她滿腔的熱愛是一種遺憾和補償，也想過是因為她沒辦法喜歡自己，但是不願意變得麻木無感，她用最後的力量去喜歡徐尉季、喜歡他們。

徐尉季的話像是當頭棒喝，她頭好痛，呼吸開始感到困難，兩人相抵的額頭，又熱又燙，相握的指尖卻是冰涼。

原來，她還有這樣的害怕。她害怕再次失去。

「姚旻，我不介意妳有時後看起來更喜歡他們，也不生氣妳天天握著手機刷消息刷卡，我只擔心、我只是害怕妳太喜歡。」

害怕妳太喜歡。「有多喜歡就有多少害怕，妳越喜歡只會越怕失去。」

姚旻原本還倔強的抿著唇，就算流淚，也不願意示弱妥協，她總算伸手攬住徐尉季的後頸，小小的腦袋瓜擱在他肩胛上。

「去見他們吧，如果這是妳期待明天的方式，我不會攔妳。」他輕輕吻了她的耳垂，聲音裡都是疼惜，「可是如果這件事的焦慮大過快樂了，我會為妳感到難過。」

我只希望妳感到快樂。

姚旻明白徐尉季的意思。

「……我知道，徐尉季。」手臂又縮緊了，眼淚燙過肌膚，浸濕他的衣服，姚旻咬了下唇，「……對不起。」

徐尉季與姚旻磨了兩年才終於同居。

事實上，起初是姚旻不同意。姚旻已經習慣一個人生活，打從經歷德國的留學時日，以及回國後至畢業的短暫幾年，儘管與徐尉季的交集頻繁，總歸是擁有屬於自己的時間和空間。

住在一起意味著交出這一部份的自由，對經常社交厭倦的姚旻來說是十分困難的，就算那個人是徐尉季。

「我朋友說你是要宣示主權嗎，你怎麼看？」

隔著餐桌與約莫兩人能容身的廊道，徐尉季背對著在作飯，單手將蛋打進平底鍋，油煙滋滋的聲響中，姚旻托著腮，眨眨眼，直言不諱。

徐尉季眉目不動，秀挺的身形動也不動，淡然的嗓音不緊不慢響起，「我需要嗎？」

「你怎麼可以反問我！」

「代表妳的問題傻，一定要我說出口？」

姚旻輕哼，這人肯定是肚子餓了才脾氣不好，她說要點外送，是他堅持不要的，現在需要耗費力氣和時間做飯，又心情不好。

「那我還有朋友說是這樣可以做兒童不宜的事。」低著嗓碎念，姚旻垂著腦袋在刷動態更新，以至於錯過了徐尉季定格的手勢。

徐尉季頓著動作，有些想笑，卻也感到無語，老是嚷嚷著他血糖低就連帶低氣壓的女生，其實才是最常犯起床氣的人。

勾了唇，這樣慢慢滲入彼此生活習慣的浪漫，光是想想，就足夠讓人胸口一片暖。

只是，徐尉季也從未煩過她的起床氣，性子裡的恬淡溫和當然不會讓她暴躁，姚旻不過是會沉默且擰著眉毛，問話也不搭理，像極了冷戰，徐尉季第一次面對是她正巧來了生理期，又被迫早起聽演講，她煩得不吃早餐也不說話。

目光觸及徐尉季眼裡的擔心，也沒讓姚旻軟了姿態，轉頭目不斜視的盯著講台上聒噪的講者，直到休息時間被徐尉季拽出講堂，牽到人跡罕有的後走廊，正要開口，只見女生彆扭的傾身靠近，肩上壓上她的重量，徐尉季下意識承接。

只聽悶悶的聲音夾著歉意與怨氣，「好睏。」

「沒睡飽？」

「嗯，演講煩死人了。」囁嚅著，在他頸邊蹭了蹭，找了舒服的位置，伸手去環住他。

原來是沒睡飽。原來。徐尉季先是恍然，但氣笑了，白白擔心她身體不舒服了，剛剛將近兩小時講師說了什麼他一個字也沒有聽進去，思考全繫在她身上，緊繃的神經鬆懈後換他有點想撒手不管她。

但是，他哪次捨得了，沒有。

總會有一個人會讓你一次次心軟。

徐尉季掐了她的腰，因為經常與他一起上健身房而毫無贅肉，聽她不滿的冷哼，心裡才趕到解氣，雖然隔著衣服，卻是夏天的薄衫，姚旻被摸出了一層疙瘩，腳趾不自覺蜷了蜷，正要鬆開手去拍徐尉季的輕撫。

「抱好。」

雖然煩悶著，姚旻仍然乖乖止住動作，呼吸勻勻，似乎又快睡著，徐尉季感覺右肩更加沉重，他偏頭去吻她，姚旻立刻觸電似的要退開，雙眼頓時張開，滿目驚慌，被他深黑的眸色牢牢攫住，她失了力氣，被徐尉季控制在懷抱裡，吻得密不透風。

姚旻整個人都醒了，脾氣也忘了，只記得又羞又惱。

「以後再因為起床氣不理我試試看。」

於是，姚旻驚奇的意識到自己會對徐尉季發起床氣，從此不會獨自生氣悶氣，反其道而行的去吵徐尉季，任性又刁鑽。

「兒童不宜。」

徐尉季慢慢念了一次。

姚旻一愣，她說得那麼小聲了，還是被他耳尖補捉到了。

「嗯，認同，還記得不能說十八禁。」

眨一下眼睛，確認不是在作夢，這種話題徐尉季也能接，姚旻真的佩服了，她後知後覺撓撓頭，總覺得年紀被嘲笑了。

她起身晃去他身側，背倚靠著流理台，閃著清澈眼光的臉竄進徐尉季視界裡，猝不及防的，徐尉季有一瞬的失神。

姚旻雙手插腰，「兒童不宜跟十八禁有什麼不同你說看看。」

彷彿星夜剪影的眼眸更加深邃一些，徐尉季克制的抿了唇，清了嗓，卻壓抑不住聲嗓裡的低啞，姚旻只當作是睡醒的磁性。

完成英式的早餐，連擺盤都毫不隨便，姚旻雖然沒有幫忙，卻也不作聲搗亂，一旁站著，偶爾瞅幾眼，大多時間還是斂著眼滑手機。

終於見徐尉季熄了火，她視線緊緊跟隨，徐尉季洗淨了雙手，一桌令人心動的早午餐卻來不及讓姚旻多看幾眼，他冷靜褪下圍裙，轉身將姚旻困在厚實的擁抱裡。

「徐尉季你幹麼。」

「妳猜？」

「啊？」

他的聲音像是從喉嚨滾出來的，彷彿來自深海，令人看不清。

攬住她的腰，控制她所有舉動，沒有半絲能夠逃脫的空間，當他微涼的指尖鑽進她的衣襬，觸上弧度分明的腰身，姚旻連力氣都要沒了，輕輕顫了顫。

「徐尉季……」

「妳已經成年了。」

姚旻不敢動，她可不敢接話。徐尉季湊到她耳邊，氣息全在耳畔，她很不爭氣的腿軟，下意識勾住他的脖子。

「發生什麼事都稱不上十八禁。」

「……」姚旻把臉埋進他肩窩，怕他親她，就此像星星燎原。

徐尉季自然明白，卻沒打算放過她，「兒童不宜倒是沒說錯。」

最後是怎麼翻頁的。姚旻那天裹在毛毯裡堅決不出門，心滿意足肇事者卻是得寸進尺的拉著她要去散步，輕巧使著力，原本只露出一顆腦袋的女生，馬上又失去所有防備，衣衫凌亂的跌進他懷裡，雙頰都是熱燙。

他們仍然守著最後的一道線，但是哪一處他沒摸過，連脖子都是他的痕跡。

（全文完）

後記

嗨，我是不溫暖的暖暖。

終於可以帶著《徐徐》跟大家見面。

我經常在限時動態碎念這是我最喜歡的故事了，很不要臉的希望大家也跟我一樣愛它，雖然裡面積了好多眼淚。

重新寫了番外，先虐了再帶來一點甜，有追蹤我ins的讀者應該都知道我經常是在搖搖欲墜的狀態，姚旻本身就寄託著許多我的經歷，我的傷慟我的遺憾我的眼淚，故事裡並沒有說太多關於心理病，總是覺得可惜，因為期望大家更加了解這個文明病，也期望大家能更理解這樣努力著的人，儘管不能說出適合的寬慰，也請不要再因為刻版印象或汙名不經意造成傷害。

其實二〇一八年最初完稿的時候我很開心，因為藏入了許多我在歐洲遊走的小際遇，和陌生人結伴是真的、吃冰拉肚子是真的、和旅伴在房間內尷尬是真的、與義大利小孩對話是真的、歐洲米難吃是真的、對布拉格的喜歡也是真的，所有失去也是真的，但與旅伴有了後續是假的、一口流利的德文是假的、許多成就都是假的，因為故事要是帶著希望的，我想要給你們光，不是給你們絕望，其實反覆看，我偶爾也會懷疑這是不是一個合格的小說，前面在歐洲的時間只是不長不短的半年卻寫成大半篇幅，後面好幾年濃縮在一個章節，可是我改不出更理想的樣子，姚旻怎麼一邊受傷一邊收穫溫暖的，怎麼滿腔的自厭最後決定慢慢治癒的，如果有人問我，是不是也希望那時候有人像徐尉季一樣出現，我會回答不是的，因為我性子裡的驕傲與自我保護是更強的，誰想像徐尉季一樣稍微靠近我一點，我會飛似的逃跑，不讀不回不聯絡的那種。

《徐徐》結束很久了，屬於我一個人的雨季卻還在繼續，沒有誰的傷心最痛，如果快樂太難，我祝你平安，如果期待未來太難，請你試著期待與誰見面，如果喜歡自己太難，請你試著找到你的光。

二〇二一，台北

謝謝你們，再見。

要青春77　PG2462

要有光 FIAT LUX　徐徐你朝我走來

作　　者	暖　暖
責任編輯	喬齊安
圖文排版	蔡忠翰
封面設計	劉肇昇

出版策劃	要有光
發 行 人	宋政坤
法律顧問	毛國樑　律師
印製發行	秀威資訊科技股份有限公司 114台北市內湖區瑞光路76巷65號1樓 電話：+886-2-2796-3638　傳真：+886-2-2796-1377 http://www.showwe.com.tw
劃撥帳號	19563868　戶名：秀威資訊科技股份有限公司 讀者服務信箱：service@showwe.com.tw
展售門市	國家書店（松江門市） 104台北市中山區松江路209號1樓 電話：+886-2-2518-0207　傳真：+886-2-2518-0778
網路訂購	秀威網路書店：https://store.showwe.tw 國家網路書店：https://www.govbooks.com.tw
總 經 銷	聯合發行股份有限公司 231新北市新店區寶橋路235巷6弄6號4F 電話：+886-2-2917-8022　傳真：+886-2-2915-6275

出版日期	2021年4月　BOD一版
定　　價	290元

國家圖書館出版品預行編目

徐徐你朝我走來/暖暖著. -- 一版. -- 臺北市：
要有光, 2021.04
面；　公分. -- (要青春 ; 77)
BOD版
ISBN 978-986-6992-67-4(平裝)

863.57　　110003176

讀者回函卡

感謝您購買本書，為提升服務品質，請填妥以下資料，將讀者回函卡直接寄回或傳真本公司，收到您的寶貴意見後，我們會收藏記錄及檢討，謝謝！如您需要了解本公司最新出版書目、購書優惠或企劃活動，歡迎您上網查詢或下載相關資料：http:// www.showwe.com.tw

您購買的書名：________________________________

出生日期：________年________月________日

學歷：□高中（含）以下　□大專　□研究所（含）以上

職業：□製造業　□金融業　□資訊業　□軍警　□傳播業　□自由業

□服務業　□公務員　□教職　□學生　□家管　□其它_____

購書地點：□網路書店　□實體書店　□書展　□郵購　□贈閱　□其他

您從何得知本書的消息？

□網路書店　□實體書店　□網路搜尋　□電子報　□書訊　□雜誌

□傳播媒體　□親友推薦　□網站推薦　□部落格　□其他__________

您對本書的評價：（請填代號　1.非常滿意　2.滿意　3.尚可　4.再改進）

封面設計____　版面編排____　內容____　文／譯筆____　價格____

讀完書後您覺得：

□很有收穫　□有收穫　□收穫不多　□沒收穫

對我們的建議：________________________________

____

____

____

請貼
郵票

11466
台北市內湖區瑞光路 76 巷 65 號 1 樓

秀威資訊科技股份有限公司 收

BOD 數位出版事業部

(請沿線對折寄回,謝謝!)

姓　　名:________________　　年齡:________　　性別:□女　□男

郵遞區號:□□□□□

地　　址:________________________________

聯絡電話:(日)________________ (夜)________________

E-mail:________________________________